KB047007

오천 번의 생사

GOSENKAI NO SEISHI(short stories collection)
by MIYAMOTO Teru

Collection copyright ⓒ 1987 MIYAMOTO Teru
All rights reserved.
Originally published in Japan by SHINCHOSHA Publishing Co., Ltd.
Korean translation rights arranged with MIYAMOTO Teru, Japan
through THE SAKAI AGENCY and SHINWON AGNECY CO.

오천 번의 생사

五千回の生死

미야모토 테루

송태욱 옮김

바다출판사

차
례

토마토 이야기

12시 정각, 모두는 각자의 일손을 멈추고 도시락을 펼치거나 월급쟁이를 위한 근처 식당으로 가려고 자리에서 일어났다. 오노데라 고조는 지난 일주일간 식욕이 없어 회사에서의 점심은 냄비우동으로 정하고 '기사라기테이'라는 우동집에 배달을 시켜 먹었다. 11시 반에 기사라기테이에 전화를 걸 때 같은 기획제작부 동료들에게, "누구 같이 주문할 사람 없나? 하나만 시키면 제일 나중으로 밀려서 1시가 지나야 가져오거든" 하고 부탁해본다. 대체로 한두 사람이 그렇다면 저도, 하며 튀김덮밥이나 소고기덮밥을 주문한다. 여러 명이 같이 시키면 이쪽에서 요구한 대로 거의 12시에 가져오지만 더러는 전화한 지 10분밖에 안 되었는데 "음식 시키신 분!" 하고 큰 소리를 지르며 배달통을 들고 들어오는 경우가 있다. 그럴 때는 식는 것을 감수하며 12시가 될 때까지 기다려야 한다. 석 달 전에 인사이동이 있어 기획제작부 부장이 아라키로 바뀌었는데 그 이후 여러 가지로 압박이 심해졌다. 오노데라가 근무하는 광고 대행사는 오사카에서 중간급으로 간주되고 있지만 사실은 삼류 정도다. 회사라는 조직에 잘 맞지 않은 사람들인 디자이너, 일러스트레이터, 카메라맨, 카피라이터 등 제작부의 젊은 사원에 대한 생각이 다른 대형 대행사와는 꽤 달라서, 어떻게든 회사가 정한 규정에 억지로라도 맞추게 하려는 점이 있었다. 그래도 전의 제작부장은 그런 점을 비교적 이해하는 편이라서 다소 지각을 하거나, 점심을 먹으러 나갔다가 3시쯤에 돌아와도 모른 척해주었다. 일만 제대로 해내면 그걸로 됐고, 디자이너나 카피라이터 같은 사람들은 적당히 자유롭게 놔두어야 오히려 일을 더 잘한다는 생각을 갖고 있었기 때문이다. 그런데 아라키로 바뀌고 나서 단 1분이라도 지각을 하면 엄중하게 이유를 캐물었다. 스웨터 차림으로 출근하면 양복에 넥타이 차림으로 출근하라고 주의를 주었다. 그것도 그렇게 하는 것이 마치 자신의 일인 양 언제까지고 집요한 잔소리를 그만두지 않았다. 그래서 회사 내에서는 그런 일들이 허락된 것처럼 공공연히 행동해오던 제작부원들도 지금은 어느새 외관만은 완전히 월급쟁이처럼 되어 정오가 될 때까지 결코 자리를 떠나지 않았으며 1시에는 반드시 제작실로 돌아왔다.

오노데라는 책상 위에 벌써 30분 가까이 놓여 식어가던 냄비우동을 후루룩거렸다. 튀김덮밥을 먹고 있던 까마귀가 동료 디자이너인 미쓰코와 학창시절에 어떤 아르바이트를 경험했는가 하는 이야기를 시작했다. 까마귀의 본명은 아카기 준이치인데, 마치 물에 젖은 까마귀의 깃털처럼 윤기 흐르는 색이라고 할 만큼 광택이 나는 칠흑 같은 머리를 어깨까지 늘어뜨리고 있었다. 게다가 입는 옷도 검정색 일색이었다. 양복도 커터셔츠도 넥타이도 스웨터도, 여름이고 겨울이고 할 것 없이 검정색으로 통일했기 때문에 다들 본명으로 부르지 않고 까마귀라고 불렀다. 까마귀는 테 없는 도수 높은 안경을 쓰고 있었다. 두뇌 회전이 빠르고 사소한 농담에도 독특한 깊이가 있었다. 하지만 성격적으로는 다소 병적이라고 할 만큼 칠칠치 못한 면이 있었다. 특히 금전적인 문제로 동료 디자이너와 말썽이 끊이지 않았다. 금전적인 면에서 피해를 당한 적이 있는 사람은 까마귀를 심하게 매도하며, 오노데라에게도 저 녀석하고는 절대 깊이 엮이지 말라고 충고했다. 하지만 오노데라는 까마귀가 좋았다. 일부러 어리석음을 가장하거나 익살을 부렸지만, 사실 생각지도 못한 섬세함이나 영리함을 발휘하여 카피라이터인 오노데라가 일을 하는 데 좋은 파트너 역할을 해주었기 때문이다. 까마귀와 미쓰코의 이야기가 재미있을 것 같아서 오노데라는 냄비우동을 후루룩거리며 두 사람 옆자리로 가서 앉았다. 까마귀는 고등학교 여름방학 때 사흘 만에 두 손 들고 말았다는, 방수 설비 회사에서 했던 아르바이트가 평생 잊을 수 없을 만큼 힘들었다고 그의 독특한 익살스러움과 우스꽝스러움을 섞어가며 이야기했다.

"건물 옥상에 콘크리트를 깔기 전에 비가 새는 것을 막으려고 콜타르를 덧칠하거든. 그래서 석유 드럼통 안에 펄펄 끓인 콜타르가 흘러넘칠 만큼 들어 있어. 그걸 멜대 두 개에 매달아 옮기는 작업인데 말이지. 콜타르가 조금이라도 몸에 닿으면 심한 화상을 입으니까 다리에는 허벅지까지 올라오는 두툼한 고무장화를 신는 거야. 게다가 양손에는 어깨까지 올라오는 긴 고무장갑을 끼지. 푹푹 찌는 한여름에 고층 빌딩 옥상에서 펄펄 끓는 콜타르를 짊어지고, 게다가 그런 차림으로 걸어보라고. 10분만 지나면 눈이 팽팽 돌아. 엎질러서 십장이 멜대로 몇 번이나 찔러댔는지 모른다고. 열흘을 하기로 계약했는데 사흘 만에 도망쳤지. 그건 지옥의 사흘이었어."

까마귀는 오노데라에게도 뭔가 추억으로 남아 있는 아르바이트 경험이 없느냐고 물었다. 제작실에는 까마귀와 미쓰코, 오노데라, 이렇게 세 명뿐이었다. 평소 사원들이 정확히 한 시간 안에 식사를 하고 돌아오는지를 책상에 앉아 감시하는 부장 아라키의 모습도 없었다. 여러 가지 색연필이나 커터 칼, 밑그림이나 밑 글씨를 붙이기 위한 접착제 깡통이 책상 위에 놓여 있고, 조금 전까지 카메라맨이 자못 일을 하는 것처럼 바라보고 있던 수백 매의 포지티브 필름이 여기저기 흩어져 있었다.

고등학교 시절에도, 대학 시절에도 헤아릴 수 없을 만큼 많은 아르바이트를 했다고 오노데라가 대답하자 까마귀도 미쓰코도 그중에 가장 추억에 남은 이야기를 해달라고 재촉했다. 오노데라는 냄비우동을 다 먹고 시계를 봤다. 1시가 되려면 아직 40분이나 남아 있었다. 40분에 다 이야기할 수 없을 것 같다며 거절했지만 두 사람은 오노데라의 이야기를 몹시 듣고 싶다며 물러서지 않았다. 오노데라는 담배에 불을 붙이고 연기를 가슴 깊숙이 빨아들였다. 그러자 문득 그 마지막 날 아침에 반짝반짝 빛나던 태양이 마음속 가득히 부풀어 올라 어쩐 일인지 이야기하지 않고는 배길 수 없는 기분이 되고 말았다.

그래서 그는 짧게 끝낼 생각으로 이야기를 하기 시작했는데, 뇌리에 비치는 다양한 영상에 정신이 몰입해감에 따라 자신도 이상하다고 느낄 만큼 흥분에 사로잡혔다. 오노데라는 그답지 않은 웃음을 띠며 이야기를 계속했다.

내가 대학 3학년 때 아버지가 돌아가셨다. 장사에 실패하며 많은 빚을 남긴 채 돌아가셨기 때문에 나와 어머니는 빚쟁이를 피해 오사카 변두리의 조그마한 동네로 이사했다. 다다미 여섯 장 크기의 방 한 칸짜리 공동주택을 얻어 야반도주나 다름없이 도망친 것이다. 신문 광고를 보고 오사카 시내에 있는 비즈니스호텔로 찾아간 어머니는 그곳 사원식당에 일자리를 얻어 일하게 되었다. 나는 아버지가 돌아가실 때 대학을 그만둘 결심을 했지만, 앞으로 2년이라면 아르바이트를 하며 어떻게든 졸업할 수 있을지도 모르겠다고 생각을 고쳐먹었다. 여름 어느 날, 정오가 조금 지난 무렵 나는 덴마의 오기마치 공원 옆에 있는 '학생 상담소'를 찾아갔다. 그곳은 이를테면 학생 전용의 직업소개소라 불리는 곳인데, 아르바이트 자리를 구하는 학생들로 몹시 북적거렸다. 무슨 일이든 반드시 일자리를 얻을 수 있다고 친구가 알려주었기 때문이다.

다소 힘든 일이라도 일당이 높은 일자리를 얻고 싶었기 때문에 나는 게시판에 붙어 있는 종이 끝에 적힌 일당 액수만을 보며 또래 젊은이들과 밀치락달치락하며 게시판 앞을 이리저리 왔다 갔다 하고 있었다. 65번이라는 번호가 찍힌 종이에 '일당 3,500엔(교통비 별도 지급)'이라고 적혀 있었다. 당시 학생의 아르바이트 중에서는 일당이 2,500엔을 넘는 일자리는 없었기 때문에 나는 이거다, 하고 생각하며 65번 종이를 열심히 들여다보았다. 직종은 도로 공사를 위한 교통정리 요원이고, 근무 시간은 밤 8시부터 이튿날 아침 6시까지였다. 다만 기간은 열흘로, 내가 원했던 3개월이나 반년 정도의 장기에 걸친 아르바이트 자리는 아니었다. 그러나 열흘에 3만 5,000엔이다. 그 일을 끝내면 다시 새로운 아르바이트 자리를 찾으면 된다. 나는 이렇게 생각하고 사무원이 있는 곳으로 가서 65번 일을 희망한다는 뜻을 전했다. 정원은 다섯 명인데 이미 네 명이 정해져 있어 내가 마지막 희망자였다. 서류에 이름과 주소, 소속 대학을 쓰자 이번에는 현장 주소와 간단한 지도, 그리고 현장 담당 책임자의 이름이 적힌 종이를 주었다. 현장은 이타미 비행장 근처로, 이타미 시市 고야, 국도 171호선과 다카라즈카로 가는 국도가 교차하는 곳이었다.

우메다의 지하상가에서 라면과 찐만두와 밥을 먹었다. 아무튼 철야 작업이기 때문에 단단히 먹어두어야 한다고 생각한 것이다. 한큐 고베선으로 쓰카구치까지 갔고, 거기서 이다미선으로 갈아탔다. 이타미 역에서는 버스였다. 지도에 쓰인 대로 나는 지정된 버스를 타고 현장으로 향했다. 버스 정류장에서 내려 고베 방향으로 걸어가자 큰 교차로가 나왔다. 공사 중이라는 것을 알리는 무수한 붉은 램프가 점멸하고 있었고 불도저 두 대가 움직이고 있었다. 나는 불도저 운전수에게 담당 책임자인 이토라는 사람이 어디에 있느냐고 물었다.

"노무자 합숙소에 있던데."

그러고 나서 상반신을 벗은 운전수는 지저분한 타월로 머리를 동여매고 불도저를 내가 서 있는 곳으로 선회하며 "이봐, 비켜! 멍하니 있다가는 깔려 죽어" 하고 소리쳤다. 내가 깜짝 놀라 뒤로 물러서자 뒤에서 다른 불도저가 다가와 일찍이 들어본 적이 없는 난폭한 말로 다시 호통을 쳤다. 아직 8시가 되지 않았는데도 이미 작업이 시작되었던 것이다. 헬멧을 쓴 노무자들이 곡괭이와 삽을 들고 불도저가 흘려주고 간 아스팔트 파편을 모으고 있었다. 현장을 비추는 커다란 서치라이트가 때와 먼지로 범벅이 된 노무자들의 얼굴과 셔츠를 비추고 있었다.

교차로에서 살짝 떨어진 언덕 위에 조립식 노무자 합숙소 두 동이 세워져 있었다. 앞쪽의 사토로 긴 건물은 말 그대로 노무자 합숙소로, 취사장과 식당, 그리고 작업자들의 숙소가 할당되어 있었다. 식당 옆에는 다다미가 깔려 있고 이불 몇 채가 깔려 있었다. 취사장에서 무슨 일을 하고 있는 모양인 서른 전후의 뚱뚱한 여자가 보여서 나는 이토 씨가 어디에 있느냐고 물었다.

"옆의 사무소야. 아르바이트 학생인가?"

여자는 거친 말투로 물었다. 내가 그렇다고 대답하자, "밥은 먹고 왔어? 아직 안 먹었으면 주먹밥이 많이 있으니까 마음껏 먹어둬" 하고 말하며 큼직한 플라스틱 상자에 가득 담긴 소프트볼만큼이나 큰 주먹밥을 손으로 가리켰다. 나는 밥을 먹고 왔다고 말하고 옆 사무실의 경사가 급한 계단을 뛰어 올라갔다. 현장 주임이라 쓰인 완장을 차고 있는 수염이 덥수룩한 남자가 전화기에 대고 뭐라고 소리치고 있었다. 그 안쪽에 나와 같은 아르바이트를 하러 온 학생 네 명이 각자 뭔가 불안한 표정으로 서 있었다. 나는 학생 상담소에서 받은 서류를 작업복을 입은 젊은 남자에게 건넸다. 그 남자가 이토인 모양으로, "이봐, 이제 다섯 명이 다 왔네" 하고 수염이 덥수룩한 남자에게 외쳤다. 수염이 덥수룩한 현장 주임은 키가 작았지만 90킬로그램은 될 것 같은 체구로, 전화를 끊고는 큰 도면을 한 손에 들고 우리들 옆으로 다가왔다.

"교차로 한가운데의 아스팔트를 보수하는 공사네. 그리고 자네들은 교차로를 중심으로 동서와 남북에서 달려오는 차를 막는 일을 해줘야겠어. 신호기는 경찰 쪽에서 꺼주고 있으니까, 요컨대 자네들이 신호기가 되는 거지. 교차로는 아침까지 계속 한쪽만 통행이야. 그리고 동서로 가는 차도, 남북으로 가는 차도 반드시 한쪽을 세운 다음에 다른 한쪽을 통행시켜야 하네."

현장 주임은 이중 턱에 땀을 뚝뚝 흘리며 의외로 온화한 어조로 일의 내용을 설명했다. 참으로 무시무시한 얼굴의 남자라고 생각했기 때문에 나는 다소 안심하고 이름도 모르는 다른 네 명의 학생들 얼굴을 쳐다봤다. 다들 긴장한 표정으로, 현장 주임이 보여주는 지도를 열심히 들여다보고 있었다.

"조금이라도 타이밍이 안 맞으면 심한 정체를 일으켜 수습할 수가 없게 되네."

주임은 이렇게 말하며 칠판에 현장 지도를 그리고, 자네는 여기, 자네는 저기, 하며 각자가 일할 곳을 정해주고 나서 교통 정리를 하는 방법을 가르쳐주었다. 우선 동서남북 모든 방향으로 달려가는 차를 세운다. 다음으로 동쪽으로 가는 차를 보낸다. 그때 담당한 장소에 있는 사람은 차를 보내도 되는가 하는 신호를 전원에게 보내야 한다. 그 신호는 양쪽 손에 든 빨간 덮개가 달린 회중전등을 크게 빙빙 돌리는 것이고, 알았다는 신호는 한쪽 손에 든 회중전등을 좌우로 크게 흔드는 것이다. 그것을 확인할 때까지는 절대 차를 가게 해서는 안 된다. 동쪽으로 가는 차를 어느 정도 보냈다면, 이번에는 서쪽으로 가는 차를 통과시킨다. 요령은 같다. 동서쪽의 차 신호가 끝나면 다음은 남북으로 달려가는 차를 처리한다. 주임은 몇 번이고, 몇 번이고 신호 방식을 가르치고 우리에게 한 사람 한 사람씩 복창하게 했다.

"그리고 가장 중요한 것은 이 교차로의 한가운데에 서는 사람이야."

그건 나였다. 주임은 내게 말했다.

"교차로는 불도저가 이리저리 돌아다니고 덤프트럭 여러 대가 들락거리니까 신중하게 차를 유도해야 하네. 오늘은 교차로 서쪽의 남쪽 절반의 아스팔트를 새로 까는 공사니까 동서로 가는 차는 전부 교차로 북쪽을 지나가게 해야 해. 남북으로 가는 차도 같은 요령으로 하고. 자칫 어설프게 유도했다가는 차가 들락거리는 덤프트럭하고 부딪치고……."

거기까지 말하고 나서 잠시 잠자코 있다가 곧 아주 진지한 표정으로 덧붙였다.

"그뿐 아니라 자네도 덤프트럭이나 불도저 밑에 깔리고 말 거야."

"저는 열흘간 계속 교차로에 서는 겁니까?"

나는 주뼛주뼛 물어보았다. 주임은 잠시 생각하고는 그 장소가 가장 위험하고 피곤한 곳이라는 점을 감안한 건지 이렇게 대답했다.

"담당 장소는 매일 교대하기로 하지. 아무튼 오늘 하룻밤이면 요령을 터득할 테니까 내일부터는 편해질 거야. 하지만 교차로 한가운데 서는 사람은 절대 긴장을 늦추지 말게. 그래서 죽거나 크게 다친 사람이 지금까지 두세 명 나왔으니까 말이야."

나는 이런 위험한 아르바이트는 그만두자고 생각했다. 그래서 그 말을 하려고 할 때 작업자가 달려와 "주임님, 시작합니다!" 하고 말했다. 우리는 준비된 회중전등을 들고 헬멧을 쓴 채 현장까지 달려가야 했다. 주임과 이토는 우리에게 큰 소리로 담장 장소로 가도록 명령하고는 신호기를 끄려고 찾아온 경찰에게 손을 흔들었다. 이제 도망칠 수 없었다. 신호기가 꺼지고 동서 쪽과 남북 쪽에서 다가오는 차가 아르바이트 학생의 지시에 정지했다. 그러자마자 덤프트럭 몇 대가 점점 솟아오르더니 엄청난 양의 뜨거운 아스팔트를 바로 내 옆에 쏟았다.

"이봐! 죽고 싶어!"

주임이 나를 보고 큰 소리를 질렀다. 나는 안전한 곳을 찾아 달렸다. 동쪽으로 가는 차가 통과하기 시작했기 때문에 나는 불도저, 덤프트럭, 끓어오르는 아스팔트 더미를 피하고 양손에 든 붉은 빛의 유도등을 필사적으로 흔들며 차례로 통과하는 차를 동쪽 방향으로 보냈다. 신호가 바뀌고 서쪽으로 가는 차가 움직이기 시작했다. 그것이 끝나자 북쪽으로, 이어서 남쪽으로, 멈춰 있던 차의 긴 행렬이 아르바이트 학생이 휘두르는 유도등에 의해 멈추지 않고 흘러가기 시작했다. 나는 불도저를 피하고 거칠게 운전하는 거대한 덤프트럭으로부터 도망가느라 이쪽으로 달리고 저쪽으로 달리며, 계속 이어지는 차들이 지나가야 할 길을 지시하기 위해 회중전등을 흔들어댔다. 아스팔트 냄새와 무수히 통과하는 차의 배기가스로 인해

한 시간도 지나지 않아 목이 따가웠다. 여기서 열흘간 일했다가는 죽을지도 모르겠다고 진심으로 생각했다. 헬멧 아래로는 끊임없이 땀이 흘러내려 눈으로 들어갔다. 손등으로 몇 번이나 훔쳤지만 땀의 양은 시간과 함께 더욱 많아져 나는 헬멧을 벗어 길가에 내던졌다. 그러자 이토가 안색을 바꾸며 달려와,

"헬멧을 쓰지 않으면 머리를 크게 다쳐. 부서진 낡은 아스팔트를 덤프트럭이 가득 싣고 돌아오는데 그게 떨어져 머리에라도 맞아봐. 맥없이 죽는단 말이야."

하고 말했다. 나는 서둘러 헬멧을 주워 단단히 다시 쓰고, 타월을 사무소에 두고 왔으니 가져와도 되느냐고 물었다. 내가 흘리는 땀을 보고 이토는 혀를 차며 허락해주었다. 그사이 차의 유도는 이토가 대신해주었다. 내가 노무자 합숙소로 달려가서 조금 전의 여자에게 물 좀 달라고 부탁했다.

"물보다, 거기 찬 보리차가 있어."

여자는 이렇게 말하며 이 빠진 찻잔을 내밀고는 커다란 주전자에 담긴 보리차를 따라주었다. 나는 보리차 세 잔을 연거푸 마신 후 사무소로 가서 내 타월을 들고 다시 합숙소로 돌아왔다. 땀을 닦으며 다시 보리차 세 잔을 마셨다.

"당신도 보리차 마실래요?"

아무도 없다고 생각했던, 이불이 깔린 길쭉한 다다미 방을 향해 여자가 이렇게 말했기 때문에 나는 타월로 땀을 닦으며 전등이 꺼진 합숙소 안쪽 방으로 시선을 주었다. 방구석의 이불 위에 누군가 누워 있었다. 대답은 없었지만 자다가 몸을 뒤치며 희미한 신음소리를 냈다.

"이 보리차, 저 사람한테 가져다주지 않겠어?"

여자가 이렇게 말해서 컵을 든 나는 신발을 벗고 방구석까지 갔다. 비쩍 마른 중년의 사내가 이불 위에 드러누워 있었다. 내가 머리맡에 컵을 두자 눈을 들어 잠시 나를 보더니 아무 말도 하지 않고 이내 눈을 감아버리며 보리차에는 입도 대려고 하지 않았다. 내가 그 자리에서 떠나려고 할 때 사내가 무슨 말을 했다.

"예? 뭐요?"

내가 선 채 되묻자 사내는 탁한 목소리로,

"토마토가 있었으면 좋겠는데……."

하고 말했다.

"토마토요……?"

나는 취사장의 여자에게 사내의 말을 전했다.

"토마토 같은 게 지금 여기에 있겠어요? 내일 사 올게요."

여자가 큰 소리로 어둠 속의 사내에게 말했다. 나는 타월을 뒷주머니에 찔러 넣고 황급히 내 담당 자리로 돌아왔다.

정체된 차량은 자정이 지날 무렵에야 비로소 줄어들었다. 그 무렵이 되자 학생들도 어느 정도 요령을 터득해서, 네가 오게 해도 된다는 신호를 보냈으니까 차를 출발시킨 거잖아, 아냐, 나는 아직 오라는 신호를 보내지 않았어, 하는 말썽도 거의 일어나지 않았다. 새벽 3시가 지나자 조금 시원해지기도 했고, 우리의 유도를 기다리며 멈춰 서 있는 차도 동서와 남북 모두 7, 8대 정도가 되었다. 하지만 여전히 덤프트럭 여러 대가 교대로 맹렬한 속도로 왔다가 다시 맹렬한 속도로 떠나고, 낡은 아스팔트를 파내는 대형 기계와 그 잔해를 떠내서 모으는 불도저가 휘황하게 비치는 서치라이트 밑에서 이리저리 돌아다녔다. 다른 네 명은 차를 멈춰 세우고 있는 동안 길가에 앉아 쉴 수가 있었지만 교차로 한가운데에 있는 나만은 단 한순간도 긴장을 늦출 수 없었다. 다리는 막대기처럼 뻣뻣해지고, 장심掌心에 열이 모인 것처럼 발바닥이 쑤시기 시작했다. 주임이 합숙소 앞의 언덕길에서 큰 소리로 나를 불렀다. 착암기와 불도저 소리에 무슨 말을 하는지 전혀 들리지 않았다. 그러자 다른 작업자가 다가와 주임이 부르고 있다, 내가 대신할 테니 다녀

오라고 귓가에 소리쳤다. 내가 주임에게 다가가자 주임은 몸짓으로 합숙소 안으로 들어오라고 하고는 의자를 가리키며,

"자, 앉게. 다른 담당 자리의 학생들은 적당히 쉴 수 있지만 자네는 아침까지 계속 서 있어야 하니까, 잠깐 여기서 쉬었다 가게."

하고 말했다. 그러고는 가슴 주머니에서 담배를 꺼내며,

"피우겠나?"

하고 물었다. 나는 주임이 내민 담배를 받아 불을 붙였다.

"고된 일이지만 도중에 그만두지 않으면, 그러니까 마지막 공사가 끝나는 날까지 와주면 돈을 좀 더 얹어줄 거야."

주임은 자신도 담배를 피우며 차가운 보리차를 마셨다. 나는 합숙소 안쪽을 살피며,

"저 사람, 아픕니까?"

하고 물었다.

"그제, 어디 취업 알선자가 데려왔을 때는 건강했는데 어제저녁 길 한가운데서 쓰러졌다네. 의사를 부를까 했더니 깨어나서 하루 이틀 쉬면 다시 일할 수 있다면서 저렇게 누워 있지. 뭐, 일하지 않는 날은 일당을 지불하지 않으니까 별 상관은 없지만 병이라면 의사한테 진찰을 받아야 할 텐데."

하지만 주임의 이야기로는 날품팔이 노무자로 고용된 자를 회사 돈으로 치료해줄 수는 없다는 것이었다. 어떤 회사나 조직에도 속하지 않기 때문에 산업재해에 적용되지도 않는다. 더구나 본명도 말하지 않고 출신지나 나이도 밝히지 않는 사람이 많아서 더더욱 돌봐줄 수 없다는 것이었다. 주임은 시계를 보고 15분 뒤에 담당 장소로 돌아가라고 말하며 현장으로 돌아갔다. 큼직한 파리 여러 마리가 귀찮게 나를 따라다녔다. 조립식 구조의 합숙소 안은 음식으로 인한 악취와 한낮 열기의 여운으로 숨이 콱콱 막힐 것 같았다. 나는 컵에 보리차를 따라 사내 옆으로 갔다. 이번에는 발소리를 들었는지 사내는 눈을 뜨고 내가 다가가는 것을 계속 지켜보고 있었다.

"보리차, 마시지 않겠습니까? 이 방에 있으면 목이 마르시죠?"

사내는 누운 채 고개를 움직여 조그만 소리로 고맙다고 했지만 보리차는 마시려고 하지 않았다.

"의사의 진찰을 받아보는 게 어떨까요?"

내 말에 사내는 웃는 얼굴로 대했지만 아무 말도 하지 않고 눈을 감아버렸다. 어두워서 얼굴도 확실히 보이지 않았지만, 사내가 상당히 중병인 게 아닐까 하는 생각을 했다. 나는 아버지가 돌아가시기 닷새쯤 전에도 이제 앞으로 닷새나 엿새 정도밖에 버티지 못할 거라고 근거도 없이 예감했었는데, 이불에 드러누워 있는 사내의 희미한 존재감에는 죽을 때가 다가온 병자 특유의 그늘이 있었다.

"토마토가 있었으면 하는데 사다줄 수 있습니까?"

사내는 눈을 감은 채 이렇게 말했다. 규슈 사람이구나, 하고 생각했다. 대학 친구 중에 규슈 출신이 있는데 사투리가 아주 비슷했기 때문이다.

"취사하는 여자분이 내일 사다준다고 했습니다."

"그 사람은 말뿐입니다. 어제도 부탁했는데 잊어버렸다며 사다주지 않았습니다."

"그럼 내일 제가 사다드리겠습니다."

나는 이렇게 약속하고 현장으로 돌아갔다. 그러고 나서 아침 6시까지는 눈 깜짝할 사이였다. 5시 전에 하늘이 환해지고 6시가 되자 이미 아침 해가 비쳐 더울 지경이었다. 6시 정각에 일이 끝나고 신호기가 작동하기 시작해 우리는 기진맥진한 몸을 이끌고 합숙소로 돌아갔다. 돌아가는 길에 우리 아르바이트 학생들은 처음으로 서로 이야기를 나눴다.

"앞으로 9일간은 지옥이겠군."

오니시라고 한 학생이 누구에게랄 것도 없이 이렇게 중얼거렸다.

"교차로 한가운데에 서는 사람은 화염지옥에 있는 것 같을 거야."

내가 이렇게 말하자 오늘 밤 그 자리에 서게 될 몸집이 작은 나카타니라는 학생이,

"오노데라가 뛰어다니는 모습을 보는 것만으로 등줄기가 서늘해지더라고. 너는 알아채지 못했겠지만 몇 번이나 덤프트럭 뒤에 부딪칠 뻔했었어."

하고 말했다. 공사는 열흘간이니 나에게 한 번 더 그 일이 돌아올 것이다.

합숙소의 식당에는 수십 명분의 아침이 준비되어 있었다. 철야를 한 몸에는 식욕이 없어 나는 두부와 감자가 든 된장국을 후루룩 마시고 밥에 계란을 얹어 억지로 쓸어 넣듯이 먹고는 합숙소 앞에 만들어진 세면장에서 세수를 했다. 그러자 젊은 날품팔이 노무자인 듯한 남자가, 직접 만든 샤워 설비가 있다고 가르쳐주었다. 가건물 뒤에 양철로 둘러싸인 곳이 있고 그 안에 호스 하나가 드리워져 있었다. 나는 옷을 다 벗고 수도꼭지를 틀었다. 호스에서 떨어지는 물로 온몸의 땀을 씻어

냈지만, 속옷도 바지도 셔츠도 먼지와 땀에 절어 있어 그것을 다시 입자 오히려 샤워를 하기 전보다 더 끈적끈적한 감촉에 휩싸였다. 노무자는 아침을 마치자 에어컨도 선풍기도 없는 합숙소 안쪽의 방에서 저녁때까지 정신없이 잘 뿐이었다.

우리는 버스를 타고 한큐 이타미 역까지 갔다. 거기서 집으로 돌아가려면 두 시간 가까이 더 걸릴 것 같았다. 차라리 역 벤치에서 저녁때까지 잘까, 하고 생각할 정도로 기진맥진한 상태였다. 동료들과 우메다 역에서 헤어진 나는 무거운 몸을 이끌며 국철 순환선을 타고 교바시 역에서 내려 거기서 다시 가타마치선으로 갈아탔다. 낡은 차량의 지저분한 시트에 털썩 쓰러지듯 앉은 나는 잠들지 않으려고 일부러 차창으로 눈부신 하늘만 바라보았다. 내가 내리는 역까지는 30분 정도 걸렸지만 내리고 나서 공동주택까지 가는 길이 멀어 내가 집에 도착한 것은 아침 10시가 조금 안 되어서였다. 방으로 들어가자 조그맣고 둥근 밥상에 종이쪼가리가 놓여 있었다. 어머니가 연필로 갈겨 쓴 메모였다. 반드시 집에 돌아와서 잘 것, 반드시 저녁을 단단히 먹고 나서 일하러 갈 것 등의 내용이었다. 창문을 연 나는 파자마로 갈아입고 선풍기를 틀어놓은 채 이불에 쓰러져 그대로 잠들었다. 눈을 뜬 것은 오후 5시였다. 피로가

가시지 않은 무거운 몸을 젖은 타월로 닦고 나서 나는 옷을 갈아입고 공동주택을 나섰다. 어제처럼 우메다의 지하상가에 있는 중국집에서, 어제와 똑같은 것을 먹고 한큐 전철을 탔다.

이타미 역 근처에서 사내에게 부탁받은 토마토 다섯 개를 샀다. 나는 현장에 도착하자 곧 합숙소 안쪽에 누워 있는 사내에게 갔다. 토마토를 사내의 머리맡에 두고 말을 걸려고 했으나 그는 자는 듯 조용한 숨소리만 들렸다.

그날 밤의 일은 전날에 비하면 몇 배나 편했다. 나는 동서남북으로 뻗어 있는 국도 네거리의 북쪽 끝에 서서 차를 막았다. 다른 학생들도 많이 익숙해져 말썽은 거의 일어나지 않았다. 일이 익숙해지자 우리 아르바이트 학생들 사이에는 어떤 연대감 같은 것이 생겨나 그날 밤 교차로 한가운데가 담당 장소인 사람을 한 시간에 한 번씩 쉬게 해주기로 했다. 각자가 순번을 정해 교대해줌으로써 휴식을 취할 수 있게 배려한 것이다. 누군가는 슬쩍 합숙소로 들어가 졸고 있는 취사부의 눈을 피해 주먹밥을 가져와 각자에게 나눠주기도 하고, 누군가는 몰래 차가운 주스 캔을 사와 나눠주기도 했다. 그렇게 해서 며칠이 지났다.

도로의 대규모 보수 공사도 앞으로 이틀만 있으면 끝나는 날의 일이었다. 평소대로 합숙소에서 보리차를 마시고 있었다. 그때까지 계속 누워만 있던 사내가 일어나 비틀비틀 다가오더니 나를 불렀다. 뭔가를 붙잡고 있지 않으면 쓰러질 것 같아서 나는 사내의 팔을 부축하여 원래의 이불 있는 데까지 데려가 살며시 눕혀주었다. 사내는 베개 밑에서 편지 봉투를 꺼내, 미안하지만 내일 일이 끝나면 아무 우체통에나 넣어주지 않겠느냐고 말했다. 뭐야, 그런 일이야, 하고 생각하며 나는 틀림없이 우체통에 넣겠다고 약속하고 그 편지를 바지 뒷주머니에 넣었다. 문득 머리맡을 보니 토마토 다섯 개가 봉지 안에 든 채 그대로 있었다. 내가 사온 지 엿새나 되었는데도 토마토 수는 줄지 않았던 것이다. 이상하게 생각되어 나는 사내에게 물었다.

"토마토는 드시지 않았네요?"

사내는 힘없이 고개를 끄덕이고는 엷은 웃음을 띠며 봉지 안에서 토마토 하나를 꺼내 가슴 위에 소중한 듯이 놓고 두 손으로 쓰다듬기도 하고 어루만지기도 했다.

"계속 놔두면 썩을 텐데요."

토마토는 샀을 때에 비해 푸른 부분이 없어지고 완전히 익어서 짓무르기 시작하고 있었다. 사내는 말없이 토마토를 가슴에 안은 채 꼭 잊지 말고 편지를 부쳐달라고 다시 한 번 당부했다. 나는 그렇게 하겠다고 약속하고 일어나 걸어가며 아무렇지 않게 사내를 돌아보았다. 사내의 눈이 희미하게 빛나고 있었다. 사내는 눈에 눈물이 그렁한 채 토마토를 두 손으로 감싸고 그것을 세게 안고 있었다. 나는 사내가 토마토를 먹으려고 사달라고 한 게 아니라는 것을 알았지만, 그렇다면 대체 무엇 때문에 토마토를 사달라고 한 것일까, 하고 생각했다. 나는 다시 사내에게 다가가 얼른 병원에 가서 진찰을 받으라고 말했다.

"난 이제 살날이 얼마 남지 않았습니다."

사내는 이렇게 말하고 얼굴을 돌렸다.

나는 취사장에서 보리차를 마시고 헬멧의 끈을 단단히 고쳐 매고 나서 뒷주머니에 찔러 넣은 편지를 꺼내 바라보았다. 수신인은 서툰 볼펜 글씨로 가고시마현의 가와무라 세쓰 님이라고 쓰여 있었다. 발신인 주소는 쓰여 있지 않고 그저 에미히로시라는 이름만 쓰여 있었다. 나는 그제야 사내의 본명을 알았다. 현장 주임이 얼른 담당 장소로 가라고 나에게 큰 소리로 외치고 있었다. 나는 편지를 뒷주머니에 넣고 서둘러 교차로까지 달려갔다. 그날 밤은 내가 교차로 한가운데에 서는 날

이었다. 첫날 밤과 달리 들락거리는 덤프트럭의 수도 줄고 불
도저도 한 대만 움직이고 있었다. 낡은 아스팔트는 모두 파냈
고, 이제 그 자리에 새 아스팔트를 깔기만 하면 되었다. 일은
순조롭게 진행되었다. 평소에는 바람 한 점 없는데 그날 밤은
시원한 서풍이 불어 땀도 별로 흘리지 않았다.

새벽 2시가 지났을 것이다. 멀리서 구급차의 사이렌 소리
가 들려왔다. 이런 경우에는 동서로 가는 차도, 남북으로 가는
차도 모두 세우고 구급차를 먼저 통과시키게 되어 있어서 아
르바이트 학생들은 일제히 차를 세우라는 신호를 주고받았다.
구급차는 교차로 한가운데로 오더니 거기서 멈췄다. 합숙소
입구에서 취사부가 구급차를 향해 손을 흔들었고 이토와 주임
이 달려왔다.

"아직 맥이 있어요."

주임이 구급차 대원에게 이렇게 말하고 다시 합숙소로 뛰
어서 돌아갔다. 구급대원이 들것을 내리고 합숙소로 향했다.
구급차가 설마 이 공사 현장에 온 것이라고는 생각도 하지 않
았기 때문에 각자 담당 장소에 있던 학생들은 당황하여 내 옆
으로 달려와 세워두고 있는 차들을 어떻게 해야 좋을지 의논
했다. 합숙소에 있는 사람은 취사부 이외에 에미라는 사내뿐

이었기 때문에 필시 그에게 일어난 일일 거라고 생각한 나는 다른 네 명에게 병자가 생겨 구급차가 왔다, 미안하지만 구급차가 떠날 때까지 그대로 기다렸으면 좋겠다, 각각의 차 운전수에게 그렇게 부탁할 수밖에 없다고 말했다. 네 명은 일제히 흩어져 차창으로 고개를 내밀고 무슨 일이냐, 빨리 가게 해달라며 불평을 토로하는 운전수들 한 사람 한 사람에게 설명하며 돌아다녔다. 들것에 실린 에미가 구급차에 실리고 현장 주임이 함께 차에 탔다. 구급차는 곧바로 북쪽으로 사라지고 정체되어 있던 차가 원래대로 움직이기 시작하자 나는 옆에 서 있던 작업자에게 유도등을 건네며 곧 돌아오겠다고 말하고 합숙소를 향해 달려갔다. 합숙소로 뛰어 들어가자 통통하게 살찐 취사부가 사내가 누워 있던 곳을 정신 나간 사람처럼 바라보며 계속 서 있었다. 나는 밤낮으로 이부자리가 깔려 있는 방의 전깃불을 켰다. 사내가 누워 있던 이불 주위는 온통 피바다였고 그 안에 썩기 시작한 토마토 다섯 개가 널브러져 있었다.

"어떻게 된 거예요? 예? 그 사람, 어떻게 된 거예요?"

섬뜩하다는 듯이 뒷걸음질 치는 취사부의 어깨를 붙잡고 내가 물었다.

"몰라. 주먹밥을 만들고 있었는데 신음 소리가 들려서 전깃

불을 켜고 안쪽을 보았더니 고래가 물을 내뿜듯이 피를 토하더라고."

다다미 위에 온통 쏟아져 있는 피 안의 토마토는 마치 사내의 입에서 뿜어져 나온 다량의 피가 둥글게 뭉친 것처럼 보였다. 저건 토마토야, 하고 나는 스스로를 타일렀지만, 그래도 핏덩어리로만 보였다. 나는 다시 교차로의 담당 자리로 돌아가 작업자에게 고맙다고 말하고 자신의 일을 하기 시작했다. 아직 맥이 있다고 말한 현장 주임의 말을 떠올리며 사내는 필시 죽을 거라고 생각했다. 어쩌면 이미 죽었는지도 모른다. 나는 통과해가는 차를 익숙한 동작으로 유도하며 사내가 눈물을 감추고 한 말을 떠올렸다. 사내는, 나는 이제 살날이 얼마 남지 않았습니다, 하고 말했던 것이다. 필시 죽을 날이 아주 가까이 다가왔다는 것을 알고 있었을 거라고 나는 생각했다. 그때 뒤에서 누가 내 어깨를 톡톡 두드렸다. 돌아보자 이토가 서 있었다.

"여기는 내가 서 있을 테니까 합숙소로 가서 거들어주지 않겠나?"

이토가 이렇게 말했다. 피투성이가 된 이불을 태우고 다다미 여러 장을 끄집어내 씻는다고 한다. 취사부는 어쩐지 섬뜩하다며 도저히 방 안으로 들어가려고 하지 않는다, 그러니 자네와 작업자 두세 명이 이불을 태우고 다다미를 꺼내 호스로 피를 씻어내 달라는 것이다. 그가 말한 대로 합숙소로 가려고 하자 이토가 툭 한마디 던졌다.

"그 사람, 병원에 도착하고 나서 곧 죽은 모양이야."

"……죽었다고요?"

이토는 말없이 고개를 끄덕이고는 얼른 가라는 듯이 턱을 치켜 올렸다. 덤프트럭 두 대가 교차로로 들어와 마지막으로 보수한 부분에 깔, 김이 모락모락 오르는 새 아스팔트를 내리기 시작했다.

나와 젊은 두 작업자는 이불에 등유를 끼얹고 불을 붙였다. 그러고 나서 다다미를 꺼내 합숙소 앞의 공터로 가져가 엉겨 거무스름해지기 시작한 다량의 피를 호스와 수세미로 씻어냈다. 그러고 있을 때 구급차를 타고 병원에 갔던 주임이 돌아왔다.

"내일 아침까지 시신을 맡아준다는군."

누구에게랄 것도 없이 이렇게 중얼거리며 사내가 누워 있던 곳으로 가서 그의 유품을 모으기 시작했다. 유품이라고 해봤자 조그마한 비눗갑에 든 간단한 바느질 도구, 누렇게 변색한 속옷 몇 장, 그리고 잔고가 불과 86엔인 예금통장과 인감뿐이었다. 주임은 그것들을 들고 다다미를 씻고 있는 내 옆에 서서 인감 글자를 열심히 들여다보았다.

"에가와라고 했는데 도장에는 에미라고 되어 있군."

주임은 이렇게 말하고 혀를 찼다.

"시신을 맡아준다고 해도 가족이 어디에 있는지, 고향이 어디인지 전혀 모르는데 말이야."

나는 에미가 내게 편지를 맡겼다는 사실을 말하려고 호스를 지면에 놓고 바지 뒷주머니에 손을 넣었다. 나는 깜짝 놀라 바지 뒷주머니 속을 뒤졌다. 편지가 없었다. 바지 여기저기의 주머니를 뒤지고 셔츠 가슴에 달려 있는 작은 주머니에까지 손을 넣었다. 어딘가에 편지를 떨어뜨리고 만 것이다. 나는 내가 오간 곳 주변과 오늘 담당한 자리였던 교차로를 필사적으로 찾아다녔지만 편지는 발견되지 않았다. 합숙소로 전속력으로 달려가 취사부에게 이 근처에 편지 떨어진 것 못 봤느냐고 물었다. 여자는 모른다고 대답하고 평소와는 다른 긴장된 표정으로 주먹밥을 만들고 있었다. 당황하여 같은 곳을 왔다 갔다 하는 나를 보고 주임은 무슨 일이냐고 물었다. 나는 나오려는 말을 죽이고 "편지를 떨어뜨렸습니다" 하고 말했다. 에미의 편지라고 말하려다가 그만두었다.

"편지……? 중요한 편지인가?"

"예."

나는 울음이 나올 것 같았다. 가와무라 세쓰 님이라고 볼펜으로 서투르게 쓴 글자가 마음속에 떠올랐다. 나는 다시 뛰어나가 조금 전까지 내가 서 있었던 교차로의 그 자리로 돌아갔고, 불도저 운전수가 고함을 질렀지만 땅바닥에 시선을 떨어뜨린 채 이리저리 뛰어다녔다. 조금 전까지 파내져 자갈투성이였던 폭넓고 얕은 구덩이에는 새까만 새 아스팔트가 깨끗이 깔려 있었고 작업자가 그 위에 물을 뿌리고 있었다. 나는 오싹한 마음으로 그 새 아스팔트 길을 바라보았다. 나는 여기에 편지를 떨어뜨린 것이다. 그렇게 생각할 수밖에 없었다. 그리고 편지는 뜨거운 아스팔트 밑에 영원히 갇혀버렸다. 분명히 그럴 것이다. 나는 거의 울 것 같은 목소리로 불도저 운전수에게 소리쳤다.

"부탁합니다. 이 아스팔트를 한 번만 더 파내주세요. 이 밑에 편지가 떨어졌습니다."

운전수는 불도저의 엔진을 끄고는 멍하니 나를 쳐다보았다. 나는 운전대로 뛰어올라 같은 말로 애원했다. 말하는 중에 정말 눈물이 나왔다. 불도저 운전수는 이토와 얼굴을 마주 보다가 곧 말했다.

"너 바보야? 이 아스팔트를 한 번 더 파내라고? 사방 7미터나 돼. 그걸 다시 파는 것만으로 네 급료의 100배는 날아가는 거야."

"그렇지만 중요한 편지를 떨어뜨렸습니다. 분명이 이 밑에 있습니다."

나는 운전수의 굵고 단단한 어깨를 붙잡고 필사적으로 부탁했다.

"이봐요, 이토 씨, 이 녀석 머리가 좀 어떻게 됐나 봐."

나를 한 손으로 가볍게 뿌리친 운전수는 다시 시동을 걸고 이제 내가 아무리 매달려도 상대해주지 않았다.

"뭐야, 무슨 일이야?"

소란을 피우는 소리를 듣고 주임이 고기만두 같은 몸을 흔들며 다가왔다. 이토가 이유를 설명했다. 그 사이 나는 조금씩 떨리는 몸 여기저기를 손으로 문지르며 서 있었다. 주임은 갖고 있던 잣대로 내 헬멧을 탁탁 두드리며 말했다.

"정말 여기에 떨어뜨렸어?"

"……예."

"이제 포기해. 아스팔트를 파내달라니, 그런 터무니없는 말은 하지 마. 이 바보 같은 놈."

그리고 이토에게 말했다.

"아무래도 에미 히로시가 본명인가 봐. 예금통장의 명의가 그렇게 되어 있었어."

"무슨 병이었대요?"

이토가 물었다.

"식도의 정맥이 파열되었다는군. 간장이 많이 안 좋아지면 마지막에는 그렇게 되는 모양이야."

"간장이 나빴던 겁니까?"

"말기 간경화증이었는데, 어차피 그리 오래 가지는 못했을 거라고 의사가 말하더군."

공사가 다 끝난 아침, 노무자와 우리 아르바이트 학생들, 건축회사의 작업자가 합숙소에 모여 맥주로 건배했다. 주임은 약속대로 일을 열심히 해주었다며 우리에게 열흘분의 급료 외에 각자 1만 엔씩 행하를 얹어주었다.

"정말 수고했네. 이제 돌아가도 좋아. 우리는 이 합숙소를 해체하는 일이 아직 남아 있으니까."

주임은 이렇게 말하며 종이컵에 든 맥주를 다 마시고 재빨리 사무소로 가는 계단을 올라갔다. 열흘간 함께 일한 학생들은 이타미 역까지 같이 가자고 권해주었지만 나는 만에 하나라도 어딘가에 그 편지가 떨어져 있지 않을까 해서 다시 한 번 합숙소 주변의 풀숲이나 깨끗이 포장된 네거리 구석을 둘러보았다. 한여름의 아침 해가 심한 피로에 절은 내 몸에 내리쬐었다. 죽을 때를 안 에미 히로시는 마지막 힘을 다 짜내 가와무라 세쓰라는 여자에게 편지를 썼을 것이다. 두 사람이 어떤 관계였는지 나는 모른다. 하지만 서툰 글씨로 쓰인 그 편지에는 두 사람에게 무척 중요한 내용이 적혀 있었을 것이다. 나는 어떻게든 수신인의 주소인 가고시마현이라는 글자 뒤에 쓰여 있었던 것을 떠올리려고 애를 썼지만 전혀 생각나지 않았다. 또 설령 생각났다고 해도 나는 그 편지를 가와무라 세쓰라는 여성에게 어떻게 설명하면 좋을 것인가. 나는 동료들이 떠나고 나서도 오랫동안 공사 현장 여기저기를 돌아다녔다. 나는 지면과 내리쬐는 아침 해를 몇 번이고 번갈아 바라보았다.

대학을 졸업하고 이 광고대행사에 근무하게 되고 나서도 나는 사소한 순간에 그 사내가 토마토를 두 손에 꼭 쥐고 눈물을 머금고 있던 모습을 떠올리고 만다. 광고주와 협의를 하고 있을 때 그것은 별안간 내 마음에 부풀어 오른다. 전철 막차 좌석에 앉아 취한 머리로 유리창에 비치는 자신의 얼굴을 바라보고 있으면 피바다 속에서 나뒹굴던 썩은 토마토 다섯 개가 맹렬한 기세로 눈앞을 달려 지나간다. 그러면 반드시 가고시마현 가와무라 세쓰 님이라는 글자가 몸속 깊은 데서 망령처럼 떠오르는 것이다. 그럴 때 나는 마치 그것이 자신의 병이나 되는 듯이 그 사내에게 토마토는 대체 뭐였을까, 편지에는 그 사내에게 얼마나 중요한 것이 쓰여 있었을까, 하고 생각에 잠긴다. 그 편지는 분명 이타미 고야의 커다란 교차로 아스팔트 밑에 지금도 묻혀 있다고 나는 확신한다. 토마토를 봐도 그때의 일이 떠올라 슬퍼지지는 않는다. 핏덩이 같았던 썩은 토마토 다섯 개의 영상이 나를 섬뜩하게 하는 것도 아니다. 하지만 나는 그 이후 토마토를 단 한 조각도 먹은 적이 없다.

눈썹 그리는 먹

최근에 산 연한 보랏빛 원피스를 입은 어머니와 엷은 남빛 리본 장식이 달린 밀짚모자를 쓴 고모는 차 뒷자리에 단정히 앉아 뭔가 잊어버린 물건이 없는지 이야기를 나누고 있었다.

"이제 됐어요. 부족한 게 있으면 거기 가서 사면 되니까요."

어머니는 이렇게 말하며 손자들에게 손을 흔들었다. 7월 10일의 이른 아침, 나와 어머니와 고모는 자동차로 가루이자와를 향해 출발했다. 지금 예정으로는 9월 말까지 가루이자와에서 지낼 것 같았기 때문에, 차 안에도 트렁크에도 생각나는 온갖 살림살이를 가득 실었다. 아내와 아이들은 학교가 여름방학에 들어가면 그때 오기로 했다.

가루이자와에서 여름을 지내게 된 것은 내가 전해에 결핵에 걸렸기 때문이다. 가루이자와에 사는 지인이 오사카의 더운 여름을 걱정하며 집을 하나 빌려줄 테니까 병을 앓고 난 후의 몸을 차분히 쉬게 하는 게 어떻겠느냐며 권해준 것이다. 나는 자신의 몸보다는 근래 들어 부쩍 약해진 듯이 보이는 어머니의 몸이 걱정되었다. 어머니에게 그 말을 하자, "여름이 덥다는 것은 정한 이치지. 가루이자와같이 부자들이나 가는 그런 과분한 곳에 우리가 어떻게 갈 수 있겠니?" 하고 입을 오므리며 나를 나무랐다. 하지만 어머니는 나름대로 내 몸을 생각한 모양인지 잠시 뒤에,

"나야 뭐 가고 싶지는 않지만, 네가 꼭 가야겠다면 따라가도 괜찮아. 밥을 해주는 사람이 없으면 석 달을 지낼 수도 없을 테니까."

하고 말했다.

"모처럼 가는 거니까 네 고모한테도 같이 가자고 할까? 그 사람도 여름은 견디기 힘들어하는 것 같으니까."

어머니는 이렇게 말하고는 바로 고모에게 전화를 걸었다. 4년 전에 아들을 잃고 아마가사키의 공동주택에서 혼자 살고 있는 고모는 아주 기뻐하며 같이 가겠다고 했다. 고모는 돌아가신 아버지의 누이동생이다.

"네 고모는 가루이자와라고 했더니 천자님도 가시는 곳인

데 그렇게 좋은 데서 석 달씩이나 지낼 수 있다니 꿈만 같다고
하더라."

가루이자와에 가기로 정해지자 어머니는 갑자기 들떠시
말이 많아졌다. 곧바로 가져갈 물건을 골판지 상자에 넣는 작
업을 시작했다.

차 안에서 어머니와 고모는 옛날이야기만 했다. 나는 운전
석에서 두 사람의 이야기를 들으며 어머니가 지금까지 누구에
게도 말하지 않았던 일을 아무 거리낌도 없이 입에 담는 것을
신기하게 느끼고 있었다. 어머니는 내가 고등학교에 다닐 때
자살을 시도한 적이 있었는데 그때의 상황을, 적절한 말이 떠
오르지 않아 아주 답답하다는 듯이 빠른 말투로 이야기했다.

"애 아빠는 딴 데 여자를 만들어두질 않나, 장사는 안 되고
매일 빚쟁이가 찾아오지를 않나. 에라 모르겠다, 이제 죽어야
지, 하고 생각했지요."

"언니는 분명히 머리가 이상해졌었어요."

통통한 고모가 동그란 눈을 더욱 동그랗게 뜨고 당시를 떠
올리는 듯한 말투로 대꾸를 하고 있었다. 나는 이따금 백미러
로 두 사람의 모습을 쳐다봤다.

"이 아이도 이제 고등학생이니까 내가 없어도 살아가겠지.

그래 죽어버리자. 그렇게 마음을 먹고는 이제 어디서 죽을지를 생각했어요. 아마가사키의 아가씨 집에서 죽자. 그곳이라면 버스로 30분이면 갈 수 있고 시체도 제대로 처리해줄 거야. 그래서 약국에서 수면 안정제인 부로바린 100정이 든 것을 사서 한신 버스를 탔지요. 아주 더운 날이었어요."

"우리 집에서 죽으려고 한 것은 분명히 뭔가의 배려였을 거예요."

"히가시나니와에서 내렸더니 마침 버스 정류장 앞에 식당이 있더라고요. 그래, 죽기 전에 뭔가 맛있는 거라도 먹어두자. 이렇게 생각하고 안으로 들어가 장어덮밥을 주문하고 술도 한 병 시켰어요. 마지막 술이라고 생각했지요."

어머니는 두 손으로 입가를 막고 웃었다. 고개를 움츠리고 웃자 얇은 천 너머로 야윈 어깨의 윤곽이 떠올랐다. 45킬로그램이던 체중이 불과 반년 사이에 35킬로그램으로 줄어들어 어딘가 안 좋은 데라도 있나 하고 병원에 가서 진단을 받았다. 그런데 어머니는 심장이 심하게 두근거리기만 할 뿐 다른 데는 아프지 않으며 상태가 안 좋은 데도 없다고 의사에게 말했다. 심전도를 찍었으나 별 이상이 없어 의사는 신경 안정제를 처방해줄 뿐이었다.

본격적인 여름이 찾아왔다는 것을 실감하게 하는 날이었다. 메이신 고속도로를 달릴 때는 에어컨을 틀었지만 나고야 직전에서 주오 자동차도로로 접어들어 한참을 기다 보니 공기가 서늘해졌다. 나카쓰가와 시市를 지나자 기소의 산들이 펼쳐져 에어컨을 끄고 차창을 열었다.

"장어덮밥을 먹고 나서, 이제 죽는구나, 하고 생각하며 아가씨네 공동주택 계단을 올라갔어요. 마침 아가씨는 집에 없고 문은 잠겨 있지 않았어요. 좋아, 죽는 건 지금이야, 하고 생각했지요."

"무섭지는 않았어요?"

내가 물었다.

"무섭지는 않았어. 무섭지 않았다는 것이 지금 생각하면 왠지 모르겠지만 무서워져."

뒤에 남겨놓고 가는 자신의 외아들마저 그때는 이미 염두에 없었다. 그저 지금까지 지내온 것이 하나로 이어진 사슬처럼 떠올랐다고 어머니는 말했다. 태어나자마자 어머니가 죽어 아이가 없었던 이웃 빵집 부부에게 거둬진 것. 남의 아이를 거뒀으면서 그 부부가 아홉 살 때 자신을 고용살이로 내보낸 것. 나중에 안 일이지만 고용살이로 간 곳이 속되게 말하는 매음굴이었다는 것.

"본명으로 부르지 않고 꼬맹이라고 부르며 아침 6시부터 밤 10시, 11시까지 혹사시켰어요. 아홉 살짜리 아이를 말이에요. 내 일이지만 불쌍해진다니까요."

"거기서 그대로 일했다면 아가씨가 되었을 때는 분명히 손님을 받아야 했을 거예요."

"그랬겠지요. 그런 곳에 두면 안 되지요. 얼른 데려오라고 말해준 사람이 있어서 그 위험한 곳에서 집으로 돌아올 수 있었어요."

주오 자동차도로는 차가 적었다. 8월에 접어들자 가미코치나 가루이자와로 가는 차로 혼잡하다고 들었지만, 지금은 정기적으로 짐을 나르는 트럭이 익숙한 운전으로 정해진 속도를 지키며 좌측 차선을 달리고 있을 뿐이었다. 속도를 늦추라고 이따금 내 귓전에 말하며 어머니는 이야기를 이어나갔다.

"아홉 살 아이잖아요. 아침부터 밤까지 혹사시키니까 무의식중에 그만 졸게 되거든요. 그러면 그런 나한테 창녀가 못된 장난을 쳐요. 주전자에 동여맨 끈을 내 머리카락에 묶어두고 큰 소리로 꼬맹아, 일이야, 일어나. 허둥대며 튀어 일어나 잠에 취한 눈으로 여주인 방으로 달려가면 나와 함께 주전자도 딸

그랑딸그랑 소리를 내며 따라오는 거지요."

고모가 몸을 비비 꼬며 웃었다.

"아가씨는 웃지만, 나는 그 주전자 소리가 지금도 잊히지가 않아요."

"고모네 방에서 약을 먹은 순간 무슨 생각을 했어요?"

내가 물었다.

"아무것도 생각하지 않았어. 잠깐 누워 있다가 잠들고 말았지."

"시장에서 돌아왔더니 올케언니의 신발이 있으니까 아아, 언니가 왔나 보다, 하고 불렀어요. 그랬는데 대답이 없는 거예요. 아니, 자나 보네, 하고 들여다보았더니 상태가 좀 이상한 거예요. 다다미 위에 빈 약병이 나뒹굴고 있고. 언니, 언니, 하고 흔들어 깨웠더니 살짝 눈을 뜨고는 나, 약 먹었어요, 이렇게 말하고는 다시 잠들어버리더라고요."

"아가씬 깜짝 놀랐겠네요."

"깜짝 놀라는 정도의 소동이 아니었죠. 다리는 부들부들 떨리지, 얼굴은 굳어지지, 공중전화가 있는 데까지 어떻게 달려갔는지 기억도 나지 않아요. 손가락이 떨려서 119 다이얼도 돌려지지 않더라니까요."

어머니가 의식을 회복한 것은 병원으로 옮겨진 지 열 시간
이 지난 후였다. 고모에게 연락을 받은 나는 그저 무서워서 집
벽장 안에 웅크리고 하룻밤을 보냈다. 병원에 가면 어머니가
죽어 있을 것 같았기 때문이다.

"신기한 일이 있었어요."

어머니가 말했다.

"자고 있는 동안 딱 한 번 꿈을 꾸었어요. 아무한테도 말하
지 않은 건데, 고용살이를 갔을 때 딱 한 번 가게의 돈을 훔친
적이 있었거든요. 수십 년 전의 일이라 잊어먹고 떠올린 적도
없는데, 죽느냐 사느냐 하는 그때 떠오른 거예요. 아홉 살인 내
가 어둑한 계산대 서랍에서 동전을 훔치는 장면이 꿈에 나오
더라니까요."

"우린 정말 최악의 인간이에요."

고모가 평소의 느긋한 어조로 중얼거렸다.

"가난한 집에 태어나 교육도 제대로 못 받고 보잘것없는
인생을 보냈지요."

"아가씨도 그렇고 나도……."

어머니도 같은 어조로 응했다.

"일하고, 또 일하고, 남편 때문에 고생하고 게다가 수면제

를 먹고 자살까지 기도하고……. 눈 깜짝할 사이에 일흔이 되었어요. 그런데 가루이자와에서 피서라니, 그때 죽지 않은 게 정말 다행이었네요."

도중에 여러 차례 쉬었기 때문에 가루이자와에 도착했을 때는 저녁 8시였다. 가루이자와는 안개가 짙었다. 가루이자와 역의 공중전화로 집을 소개해준 지인에게 도착했다는 사실을 알리자 곧바로 차를 몰고 데리러 와주었다. 국도를 나카카루이자와 쪽으로 돌아가 시오자와 거리라는 길로 접어들어 차 한 대가 겨우 지나갈 정도로 좁은 길로 들어섰다. 안개가 짙게 깔린 나무숲 속에서 아직 주인이 찾아오지 않은 별장이 검게 번지듯이 점재해 있었다. 나무와 풀 냄새가 섞인 차가운 공기가 상쾌하고 차의 라이트가 노랗게 흐려 보여 내일부터의 가루이자와 생활이 아주 즐거울 것 같은 예감이 들었다.

우리가 빌린 집은 좁은 길을 100미터쯤 들어간 곳에 있었다. 울창한 나무들에 둘러싸인 목조 단층집인데, 마루방인 부엌 겸 식당이 한가운데에 있고 그것을 품듯이 다다미 여섯 장이 깔린 방과 욕실과 화장실이 배치되어 있었다. 지인은 내게 열쇠를 건네며 아침저녁으로 쌀쌀해질지도 모르니까 내일 석유스토브를 가져다주겠다고 말하며 돌아갔다. 1년간 인기척이 없었던 집은 습하고 곰팡이 냄새가 났지만, 그것마저 내 마음을 누그러뜨렸다. 고모는 낡아빠진 등나무 의자에 앉아 아침부터 계속 쓰고 있던 밀짚모자를 테이블 위에 놓고, "아직도 몸이 흔들려. 왠지 모르지만 기분이 안 좋아"하고 호소했다.

"열 몇 시간이나 차를 탔으니까요. 오늘 밤 느긋하게 자면 낫겠죠. 나는 아주 멀쩡해요. 이래 봬도 탈것에는 강하니까요."

어머니는 이렇게 말하며 가져온 짐을 정리하기 시작했다. 한동안 골판지 상자의 내용물을 꺼내는 작업을 하다가 느닷없이 앗 하는 소리를 지르며 나를 쳐다봤다.

"눈썹 그리는 먹을 잊어먹고 안 가져왔어."

"눈썹 그리는 먹……?"

"어떡하지? 그게 없으면 곤란한데."

"오늘 하룻밤쯤 그리지 않아도 상관없지 않아요?"

내가 이렇게 말하자 어머니는 애원하듯이 두 손을 모으고 말했다.

"역 근처의 화장품 가게에 없을까? 지금 사러 갈 테니까 차 좀 태워주라."

내키지 않는 기색을 보이는 나에게 어머니는 몇 번이나 간청했다. 먼저 자겠다는 고모를 남겨두고 어머니와 나는 다시 차를 타고 가루이자와 역 앞으로 갔다. 안개가 더욱 짙어져 앞을 달리는 차의 후미등만 어슴푸레하게 빛나고 있었다. 마침 역 앞에 잡화점이 있었고, 화장품 제조사의 작은 네온간판에 불이 들어와 있었다.

어머니가 자기 전에 눈썹을 그리게 된 것은 지난 1, 2년의 일이었다. 어머니의 머리는 새하얬고 게다가 눈썹까지 하얘졌다. 머리는 까맣게 염색을 했지만 눈썹은 염색을 할 수가 없었다. 낮에는 하얀 대로 내버려두지만 잠자리에 들 때는 이불 위에 단정히 앉아 정성껏 눈썹을 그리는 것이다. 나와 아내가 그 이유를 물어도 어머니는 그저 쑥스러운 듯 웃기만 하고 아무 대답도 하지 않았다. 나는 어머니가 잡화점에서 나오기를 기다리며 차에서 내려 처음으로 보는 가루이자와 거리를 바라보았다. 역 앞에서 똑바로 뻗은 거리 양쪽에는 식당이나 양품점 같은 것이 보였지만 안개로 뿌예져 사람의 모습은 보이지 않았다. 입고 있는 스웨터가 축축해져 희미하게 털실 냄새가 느껴졌다. 문득 쓸쓸해졌지만 아침이 되어 안개가 걷히고 나뭇잎 사이로 비치는 눈부신 햇빛을 보면 다시 즐거운 기분이 될 거라고 생각했다. 우에노에서 온 듯한 열차가 역에 멈췄지만 내리는 사람은 드물었다.

이튿날은 날이 화창해서 우리는 베란다로 나가 줄무늬 모
양으로 내리쬐는 햇빛을 바라보며 아침을 먹었다. 고모는 기
운을 되찾고 아침 일찍 혼자 여기저기를 산책하다가 따온 꽃
을 우윳병에 꽂았다. 그런데 이번에는 어머니가 위통을 호소
했다. 왼쪽 옆구리를 누르며 정오가 가까워질 때까지 계속 얼
굴을 찡그리고 있었다.

"오랫동안 차에 흔들려서 위가 깜짝 놀란 거예요. 곧 나을
거예요."

고모가 이렇게 말하자 어머니는 가까스로 등나무 의자에
서 일어나 둘이서 다시 꽃을 따러 나갔다. 나는 오후 내내 책
을 읽으며 보냈다. 읽다 지치면 시오자와 거리의 중간쯤에 있
는 카페로 가서 커피를 마셨다. 그렇게 사흘을 보냈다. 그 사흘
내내 날씨가 좋았고 분명히 올여름 한 철로 건강을 완전히 회
복할 수 있을 거라는 생각에 나는 기분이 무척 좋았다.

가루이자와에 도착한 지 닷새째 되는 날, 아침부터 비가 거
세게 퍼부었다. 비가 내리자 갑자기 집 주변의 경관이 음울해
졌다. 우리가 있는 조그만 집은 젖어서 거무스름해진 우듬지
에 우거진 나뭇잎에 둘러싸여 어딘가 깊은 산속에 고립되어
있는 듯이 어둠과 정적에 휩싸였다. 하루 종일 석유스토브 없

이는 지낼 수 없게 되었고, 어머니와 고모는 담요로 무릎을 덮고 유리창 너머로 줄기차게 내리는 비만 바라보고 있었다.

"이 근처에 병원이 없을까?"

어머니가 불쑥 한마디 중얼거렸다.

"아직도 위가 아파요?"

내 말에 어머니는 불안한 얼굴로 고개를 끄덕였다. 견딜 수 없을 만큼의 통증은 아니지만 지금까지 경험한 적이 없는 불쾌한 통증이라고 했다.

"모처럼 가루이자와 왔는데 즐거운 일이 없구나."

나는 지인에게 전화를 걸어 이유를 설명하고 근처에 병원이 없느냐고 물었다. 그러자 내가 있는 곳에서 차로 5분쯤 걸리는 곳에 가루이자와 병원이라는 큰 병원이 있다고 했다. 나는 어머니를 차에 태우고 그 병원으로 갔다. 거리는 아직 한산한데도 병원만은 만원이었다. 진료를 마치고 나온 어머니는,

"내일 바륨을 마시고 위 엑스레이 사진을 찍는다는구나."

하고 한층 더 불안한 듯이 말했다.

이튿날 내가 눈을 뜨자 고모만 베란다의 등나무 의자에 앉아 신문을 보고 있고 어머니는 보이지 않았다. 고모에게 물으니 걸어가도 대수롭지 않은 거리라서 어머니 혼자 병원에 갔

다고 했다. 비가 그치기는 했지만 안개가 자욱이 끼어 있어 뻐
꾸기 울음소리가 가까이서 들려왔다. 나뭇가지에서 가지로 건
너가는 다람쥐를 보고 고모는 혼자 신이 나 떠들어대고 있었
다. 모시러 가려고 생각하고 있는데 어머니가 돌아왔다. 어머
니는 내 얼굴을 보자마자 말했다.

"나, 암이래."

나는 잠시 말없이 어머니의 얼굴을 보았다. 농담을 하는 게
아닐까 할 정도로 어머니의 얼굴에는 어두운 구석이 없었다.

"의사가 그렇게 말해요?"

"말은 하지 않았지만 얼굴에 그렇게 쓰여 있었어. 그 의사
는 거짓말이 아주 서투르더라고. 빙긋 웃으며 저, 암인가요, 하
고 물었더니 눈이 동그래지더니 애매하게 얼버무리던데. 그러
고는 나중에 아들을 보내라고⋯⋯."

나는 서둘러 차를 몰고 병원으로 갔다. 간호사에게 이름을
말하자 곧 진찰실에서 불렀다. 젊은 의사는 간호사에게 엑스
레이 필름을 가져오게 해서 내게 보여줬다.

"이것인데요."

의사는 위의 한가운데에 뚜렷이 비치는 지름 2센티미터 정
도의 검은 그림자를 손가락으로 가리켰다.

"어제 촉진했을 때 손에 닿았습니다. 그래서 엑스레이를 찍었는데 그림자의 느낌으로 보자면 부풀어 오른 것이 궤양으로는 보이지 않습니다."

"어머니는 자신이 암인 것 같다고 말하던데요……."

나는 얼마간 비난이 담긴 눈으로 말했다. 의사는 확실히 어머니가 말한 것처럼 내게도 눈을 동그랗게 뜨고 우물거렸다. 선량해 보이는 남자였지만 어딘가 진지한 면이 결여된 듯한 눈을 하고 있었다.

"저는 그런 말을 하지 않았던 것 같은데요."

이렇게 변명하고 나서 의사는 필름으로 시선을 옮기며,

"하지만 그렇습니다."

하고 중얼거렸다.

"내일 위 카메라로 보고 조직도 채취해보겠지만, 일단 틀림없을 거라고 생각합니다."

"그러면 수술을 해야겠네요."

"물론 떼어내야겠지요."

"수술을 하면 나을 수 있는 단계인가요?"

"상당히 초기로 보입니다만, 잘라내 보지 않으면 알 수 없습니다."

나는 멍하니 의사의 위 언저리를 오랫동안 보고 있었다. 그리고 지금 당장이라도 오사카로 돌아가려고 생각했다. 그러자 의사는 진료기록카드를 보고,

"오사카에서 오셨다고 했는데, 어떻게 하시겠습니까? 여기서 수술을 받으실지 오사카로 돌아가실지…….."

하고 내게 물었다.

"선생님은 어떤 게 나을 것 같습니까?"

"환자분 사정에 따라 다르겠습니다만, 수술을 생각한다면 저는 날씨가 좋은 여기서 하는 걸 권하겠습니다."

"암의 경우, 아프기 시작하면 이미 늦은 거라고 들었습니다만……."

"위가 아픈 것은 아마 암 탓이 아닐 겁니다. 아직 거기까지 퍼지지 않았으니까요. 뭔가 다른 이유로 아팠고, 그래서 병원에 올 생각을 한 것이겠지요."

"어머니는 일흔 살입니다만, 그런 나이에도 수술을 견딜 수 있습니까?"

의사는 웃으며 말했다.

"요즘 일흔이면 아직 젊습니다. 수술은 충분히 견딜 수 있습니다. 뭐 달리 아픈 데가 없다는 가정에서입니다만, 그것도

검사해보겠습니다."

병원을 나서자 안개는 걷히고 엷은 햇살이 내리쬐었다. 그렇게 생각해서 그런지 국도에 차가 늘어난 것 같았다. 자전거를 탄 젊은 아가씨들이 지나갔다. 길가에 피기 시작한 코스모스가 시원한 바람에 나부끼고 있었다. 가루이자와의 여름이 시작된 것이다. 농밀한 초록색의 나무들이 좌우로 끝없이 이어져 있는 시오자와 거리에 접어들어 나는 차를 길가에 세우고 담배를 피웠다. 암이 틀림없을 거라고 생각했다. 오사카로 돌아갈까, 아니면 가루이자와에 머물며 수술을 받을까. 나는 운전석에 앉아 오랫동안 골똘히 생각했다. 포충망을 든 아이가 가만히 내 차의 지붕을 노려보고 있었다. 차창으로 얼굴을 내밀고 차의 지붕을 보니 커다란 검은 나비가 앉아 있었다. 아이는 나를 조심스러워하며 그 나비를 노리고 있는 것이었다. 테니스 복장을 한 아가씨들 몇 명이 자전거를 타고 다가와,

"와, 큰 나비다."

"꼬마야, 잘해봐."

하고 말했다. 그 아가씨들에게 놀랐는지 나비는 아이의 머리 위로 날아 나무숲으로 사라져버렸다. 아이는 눈빛을 빛내며 허리를 굽히고 나무숲으로 달려갔다. 설령 어머니가 암이

라는 걸 눈치채고 있다고 해도 나는 끝까지 딱 잡아떼려고 마음먹었다. 나는 몇 번이고 자신의 마음에 그렇게 타이르며 나비와 아이가 사라진 나무숲 안쪽을 보고 있었다. 나는 문득 십 몇 년 전에 돌아가신 아버지를 생각했다. 아버지는 자주 어머니를 때렸다. 어렸을 때는 그런 아버지가 그저 무서울 뿐이었지만, 성장함에 따라 나는 아버지를 미워하게 되었다. 그때도, 또 그때도 아버지는 연약한 어머니를 힘껏 때리지 않았는가, 나는 그런 눈으로 아버지를 보게 되었던 것이다. 나는 아버지가 돌아가실 때까지 그렇게 계속해서 미워했지만, 차 안에서 멍하니 엄청난 녹음이 어른거리는 것을 보고 있자니 어쩐 일인지 아버지에게 매달리고 싶은 마음이 들었다. 아버지를 미워한 자신을 책망하는 기분이 들었다. 왜 그런 기분에 빠졌는지 나는 알 수가 없었다. 차를 출발시켜 집으로 가는 좁은 길로 꺾어들어 천천히 나아가자 앞쪽에 서 있는 한 할머니가 보였다. 지팡이를 짚고 한 손에 작은 종이봉지를 들고 있었다. 갈색 기모노 위에 같은 색의 모직 하오리羽織*를 걸친, 몸집이 작은 사람이었다. 할머니는 아무래도 우리 집을 들여다보고 있

* 기모노 위에 걸치는 짧은 겉옷.

는 모양으로, 내가 차를 뜰 안쪽에 세우고 내리는 것을 보더니 다소 주저하듯이 고개를 숙여 인사했다.

"무슨 일인가요……?"

나는 옆으로 가서 이렇게 물었다. 할머니는 내가 빌린 집 뒤에 들어선 삼각 지붕의 산뜻한 별장을 가리키며 그 집에 살고 있는 무라코시라는 사람인데 알게 된 정표로 호두를 좀 가져왔다고 말했다.

"나이 든 아주머니가 얼핏 보여서 나이 든 사람끼리 사이 좋게 지내면 좋을 것 같아서요."

나는 고맙다고 말하며 호두가 든 종이봉지를 받았다.

"어머니와 고모가 있습니다만, 여기 오고 나서 어머니 몸이 안 좋아져 줄곧 누워 있어서요."

"아니, 그것 참 안됐네요. 어머님 연세가 어떻게 되세요?"

"일흔입니다."

"저는 여든넷이에요. 가루이자와에 온 지 벌써 20년 가까이 됩니다만, 이렇게 장마가 긴 해는 참 드물지요."

무라코시라고 한 할머니는 유감스럽다는 듯이 내 얼굴을 보고는 위태로운 발걸음으로 좁은 길을 되돌아갔다. 나는 뭔가 죄송한 마음이 들어 무라코시 부인과 나란히 걸었다. 길을 조금 가자 더 좁은 오솔길이 왼쪽으로 뻗어 있었다. 두툼한 부엽토 위에 이제 막 떨어진 초록색 잎이 깔려 있는 오솔길이었다. 오솔길 양쪽에는 자작나무가 섞인 숲이 이어져 있었다.

"4월에 왔으니까 벌써 몇 달이나 쓸쓸하게 지내고 있어요. 매년 오는 별장 사람들도 젊은 사람들뿐이라 이런 늙은이하고는 사이좋게 지내주는 사람이 없거든요."

"혼자 지내십니까?"

내가 물었다.

"가정부 한 사람이 있긴 한데, 별로 할 이야기도 없어서……."

"어머니가 건강하면 친구가 되어드릴 수 있었을 텐데……."

사투리로 알아챈 모양인지 무라코시 부인은 걸음을 멈추고 미소를 지으며 나를 올려다보았다.

"어머, 간사이関西에서 오셨나요?"

"예, 오사카입니다."

"멀리서 오셨는데 몸 상태가 안 좋으시다니 참 안됐군요."

무라코시 부인은 매년 4월에 와서 11월 초쯤까지 머문다고 했다. 옛날과 달리 여름의 가루이자와는 사람이 많아 시끄러워 좋지 않다, 자신은 초여름과 가을의 가루이자와를 좋아해서 4월부터 11월까지 지내는 거라고 설명했다.

"다른 가족분들은 오지 않습니까?"

내 물음에 무라코시 부인은 고개를 살짝 갸웃하며 대답했다.

"이따금 오는데 별장에 묵지 않고 만페이 호텔에 묵어요."

무슨 사정이 있는 것 같아 나는 더 이상 묻지 않았다. 그러자 무라코시 부인은 숲 너머를 손으로 가리켰다.

"여기서 석양이 지는 것이 보이지요. 나뭇잎 사이로 비치는 아침 해도 좋긴 하지만 석양도 꽤 근사하답니다."

무라코시 부인은 깊이 고개를 숙여 인사하고는 오솔길로 돌아갔다. 나는 집으로 돌아와 무라코시라는 할머니가 호두를 들고 찾아왔었다고 어머니에게 전했다.

"어떤 할머니였는데?"

"고상해 보이는 사람이던데요. 벌써 20년이나 가루이자와에 온다고 했어요."

"하시어요, 하시어요, 라고 말하지 않던?"

"아니요, 그런 사람 아니에요. 말투가 아주 정중하던데요."

"으음, 그거 참 다행이네. 하시어요, 라고 말하면 아무래도 안 돼. 나는 그런 사람하고 어울린 적이 없으니까……."

그러고 나서 어머니는 의사가 뭐라고 했느냐고 물었다.

"암 같은 게 아니라 위궤양이래요. 하지만 약으로 나을 정도는 아니라서 수술을 해야 한다고 했어요."

"수술이라……."

"어떻게 할 거예요? 오사카로 돌아갈까요, 아니면 여기서 할까요?"

어머니는 잠시 생각하더니 문득 고개를 들어 내 눈을 보며,

"너는 다른 사람한테 거짓말하는 건 잘하는데 나한테는 거짓말을 잘 못하는구나."

하고 말했다. 나는 뜰로 나가 무라코시 부인에게 받은 호두를 돌로 깨서 먹었다.

이튿날 아침 나는 어머니를 차에 태우고 다시 가루이자와 병원으로 갔다. 고모도 혼자 기다리는 게 마음이 안 놓인다며 차에 탔다. 시오자와 거리에서 국도로 꺾어드는 곳에 경찰이 서 있다가 내게 멈추라는 신호를 했다.

"황실 사람이 곧 국도를 통과해서 그러는데, 죄송합니다만 잠시 기다려주시겠습니까?"

경찰은 트랜스시버를 귀에 대고 연락을 취하고 있었다. 우리는 꽤 오랫동안 거기에 발이 묶여 있었다. 경찰이 다시 달려와,

"방금 나카카루이자와를 통과했답니다. 금방이니까 조금만

더 기다려주십시오."

의사가 지정해준 시간에 꽤 늦을 것 같아서 나는 화가 나 아무 말도 하지 않고 담배를 여러 개비나 피웠다. 정차 지시를 받은 차가 수십 대나 국도에 서 있었다. 다들 지긋지긋하다는 표정으로 가끔 차창으로 얼굴을 내밀고 황실 사람을 태운 차가 오기를 기다리고 있었다.

"엄청 다르다니까요. 같은 인간으로 태어나서……."

고모가 말했다.

"정말 그래요. 태어나서 곧 양자로 보내지고, 아홉 살에 매음굴에서 고용살이를 하게 되고, 머리에 주전자가 동여매지고……. 정말 너무 다른 거 아니에요?"

어머니는 우스워 견딜 수 없다는 듯이 웃었다. 그러고 나서 언짢게 핸들을 쥐고 있는 내 뒤에서 두 손으로 내 볼을 잡고 살짝 속삭였다.

"너무 걱정하지 마. 살아도 좋고 죽어도 좋으니까. 엄마는 정말 그런 기분이 들어."

황실 차가 통과한 듯 국도에 멈춰 서 있던 차가 천천히 움직이기 시작했다. 경찰이 달려와,

"지나갔습니다. 이제 가셔도 됩니다."

하며 경례를 했다.

위 카메라 검사가 끝나고 대합실로 돌아온 어머니는 아주 녹초가 된 모양이었다.

"난 돌이 아니야. 그런 걸 잘도 사람한테 먹인다니까."

의사가 거의 한 시간을 기다린 나를 불렀다. 어제의 젊은 의사가 아니라 중년의 외과 과장이 설명해주었다.

"검사실에서 어머님께는 중증의 위궤양이라고 말해두었습니다."

"하지만 그게 아니죠?"

"예, 아닙니다. 어제 내과 선생이 말씀드린 대로일 거라고 생각합니다. 조직도 채취했습니다만, 결과가 나오려면 오륙일은 걸립니다. 만약 여기서 수술을 하실 거라면 오늘이라도 입원했으면 싶습니다만."

"아마 이 병원에서 수술을 하게 되겠지만, 입원은 이삼일 기다려주실 수 없겠습니까?"

나는 아내와 아이들을 당장이라도 부를 생각이었다. 학교는 아직 여름방학에 들어가지 않았지만 결석하게 하면 된다고 생각했다. 집으로 돌아가서 나는 아내에게 전화를 걸었다.

"역시 수술을 하게 되었어."

내가 말했다. 옆에서 어머니가 나를 가만히 보고 있었다.

"내일 신칸센으로 도쿄까지 가서 우에노에서 전철을 타고 갈게요."

아내는 이렇게 말하고 나서,

"위궤양인 거죠?"

하고 물었다. 나는 잠자코 있었다. 나의 침묵으로 아내는 눈치를 챘다. 그럼, 하고 비명에 가까운 소리를 지르고 나서 전화기에 대고 울기 시작했다.

그날 하루 어머니는 잠자리에 누워 있었다. 나는 몇 차례나,

"어머니, 위궤양이라 정말 다행이에요. 살았어요."

하고 말했다. 그때마다 어머니는 웃으며 고개를 끄덕였다. 저녁에 어머니가 일어났을 무렵부터 몸을 울리는 듯한 소리가 멀리서 들려오기 시작했다. 나는 어제 무라코시 부인과 함께 걸었던 오솔길로 갔다. 나뭇잎 사이로 비치는 석양이 오솔길 가득 흘러넘치고 있었다. 나는 오랫동안 나뭇잎 사이로 비치는 붉은 석양 속에 서서 숲 너머로 떨어지는 태양을 바라보았다. 지팡이를 짚은 할머니가 노을을 보러 나올 것 같았지만 아무도 오지 않았다. 정적 가운데 대포를 쏘는 듯한 소리만이 간헐적으로 울렸다.

밤이 되어도 소리는 계속되었다. 고모가 밖으로 나와 나를 불렀다.

"예쁜 불꽃놀이를 하고 있어."

나는 카페에서 산 여름 가루이자와 행사표를 펼쳐보았다. 7월 16일에는 불꽃놀이 축제가 있었다.

"센가타키 쪽이군."

우리가 있는 곳에서는 나무숲에 가려 불꽃의 일부분밖에 보이지 않았다. 그러자 어머니가 어딘가 잘 보이는 데로 데려가 달라고 했다.

"불꽃놀이는 벌써 몇 년이나 본 적이 없어서 말이야."

우리는 불꽃이 오르는 곳을 향해 차를 달렸다. 센가타키 쪽으로 국도를 달리고 있으니 어머니가 큰 소리로 외쳤다.

"저기가 좋겠다. 저기라면 차도 세울 수 있겠어."

어머니의 지시에 따라 차를 오른쪽으로 돌려 잔디밭과 화단이 만들어져 있는 한 모퉁이로 들어갔다. 차를 세우고 나서야 그곳이 가루이자 병원의 앞뜰이라는 것을 알았다.

"아무래도 이 병원과는 인연이 있는 것 같구나."

어머니는 이렇게 중얼거리고 잔디밭 위에 손수건을 깔고 앉았다. 나도 고모도 어머니를 따라 나란히 앉았다. 입원 환자들도 병원 베란다에 의자를 내놓고 불꽃놀이를 구경하고 있었다. 예상했던 것보다 훨씬 대규모의 불꽃놀이 축제였다. 불꽃놀이는 끝날 줄도 모르고 계속되었다.

"저건 국화야. 아아, 저건 수양버들이네."

어머니는 즐거운 모양이었다. 고원의 밤바람은 어머니의 검게 염색한 머리를 흐트러뜨려 놓았다. 하지만 어머니는 잔디밭 위에 다리를 옆으로 가지런히 하고 편하게 앉아 야윈 목을 기울이고 조각상처럼 미동도 하지 않은 채 넋을 놓고 불꽃을 보고 있었다. 불꽃놀이는 돌연 끝났다가 별안간 다시 불꽃이 올랐다. 휴우 하는 소리가 난 뒤에 묵직하게 작열하는 소리가 들리면 둑이 터진 듯이 무수한 색이 피어났다. 언제까지 계속되나 하는 생각을 하는 사이에 까만 하늘이 조용히 펼쳐져 이제 돌아갈까 하고 일어서려고 하자 다시 커다란 꽃송이가 한없이 떠올랐다. 나는 어머니의 조그마한 뒷모습을 바라보았다. 살아도 좋고 죽어도 좋다는 어머니의 말이 가슴속 가득히 퍼져나갔다. 나는 몇 번이고 몇 번이고 어머니가 한 그 말을 가슴속에서 중얼거렸다. 어머니는 진심으로 그렇게 생각했음이 틀림없다고 느꼈다. 눈물이 나와 불꽃이 번져 보였다. 나는 고모가 눈치채지 못하도록 손가락으로 살짝 눈물을 닦았지만,

계속해서 흘러 떨어졌다. 슬픈 건 아니었다.

집에 도착한 것은 10시가 지나서였다. 도중에 과일 가게에 들러 복숭아 다섯 개를 샀다. 어머니가 무라코시 부인에게 받은 호두의 답례를 하고 싶다고 했기 때문이다. 고모는 내일 해도 되는 것 아니냐고 했지만, 나는 복숭아가 든 종이봉지를 들고 회중전등 불빛을 의지해 오솔길을 걸어갔다. 무라코시 부인의 별장은 상상 이상으로 부지가 넓어서 어디가 입구인지 알 수가 없었는데, 나는 상관하지 않고 숲을 따라 나아갔다. 갑자기 돌로 만든 문기둥이 나타났다. 무라코시 부인은 현관 앞에 내놓은 의자에 앉아 밤하늘을 올려다보고 있었는데, 다가오는 회중전등 불빛 쪽에 의심쩍어하는 시선을 주었다. 나는 멈춰 서서 불빛을 자신의 얼굴에 비치고 밤늦게 찾아온 실례를 사과했다.

"어머, 친절하시게. 정말 송구스럽습니다. 오히려 제가 신경을 쓰시게 했네요."

무라코시 부인은 내 방문이 기뻤던 모양인지 자꾸만 집 안으로 들어오라고 재촉했다. 하지만 나는 곧 돌아가야 한다며 거절하고 조금 전에 불꽃놀이를 구경하러 갔다고 말했다.

"그러세요? 저도 여기에 앉아 불꽃을 봤습니다. 여기서는 나무에 가려 잘 보이지 않았지만 그래도 이따금 높이 올라가는 불꽃만은 즐길 수 있답니다."

그리고 나서 매년 불꽃놀이 축제가 있는데 항상 별장 현관 입구에 앉아 볼 뿐이라 제대로 구경한 적이 없다고 안타깝다는 어조로 덧붙였다. 나는 함께 가자고 권했으면 좋았을 거라고 생각하며,

"혹시 내년에도 오게 되면 그때는 꼭 같이 보러 가자고 부르러 오겠습니다."

하고 말했다. 무라코시 부인은 나를 보고 나서 호호호 하고 웃은 후,

"내년에도 만날 수 있으면 좋겠네요."

하고 말하며 복숭아 냄새를 맡았다.

"올여름은 별이 적은 것 같네요."

그리고 휴우 하고 한숨을 내쉬고는 복숭아를 코밑에서 떼어 무릎 위에 놓았다. 무라코시 부인의 별장을 물러난 나는 한 손을 바지 주머니에 찔러 넣고 낙엽이 쌓인 부드러운 길을 따라 집으로 돌아왔다. 마른 잎을 밟는 내 발소리가 깊은 나무숲 안쪽에서 들려오고 있었다. 그것은 앞쪽에서 소곤거리는 뭔가의 목소리 같은 느낌이 들었다. 천천히 걸어도 채 5분이 걸리

지 않는데도 그때의 내게는 굉장히 길고 무서운 밤길이었다.

목욕을 하고 나온 나는 베란다의 등나무 의자에 앉아 유아
등誘蛾燈의 푸른 불빛에 비친 나무숲에 눈길을 주었다. 문득 정
신을 차리고 보니 뒤에 고모가 서 있었다. 고모는 나직한 소리
로 내게 물었다.

"언니는 정말 암이 아니었어?"

"예, 아니었어요."

고모는 안심한 듯이 어깨의 힘을 빼고 잘 자라는 말을 남
기고 방으로 들어갔다. 나는 그대로 한동안 베란다에 앉아 쌀
랑하고 청량한 공기를 가슴 가득 들이마셨다. 오솔길을 사이
에 두고 마주해 있는 독일인 별장에 불이 켜져 있었다. 어제까
지는 사람이 없었는데, 하고 생각하며 어둠 속을 들여다보니
여기저기 별장의 유아등이 어렴풋이 빛나고 있어 각각의 주인
이 찾아왔다는 것을 알 수 있었다. 나는 어머니가 걱정되어 슬
쩍 방을 들여다보았다. 잠옷으로 갈아입은 어머니는 이불 위
에 단정히 앉아 눈썹을 그리고 있었다. 전등을 향하고 있는 어
머니는 눈썹먹이 든 케이스에 붙어 있는 작은 거울에 자신의
얼굴을 비추며 입을 오므리고 열심히 눈썹을 그리고 있었다.

힘

소년이 모는 자전거가 마른 잎을 회오리쳐 올리고 분수 저편으로 사라졌다. 석양은 구름에 가려 공원을 어둡게 하여 벤치에 앉아 있는 사람들을 일어나게 했다. 나도 슬슬 돌아갈까, 하고 생각했다. 황혼이 실의의 한 상징처럼 공원을 침식하기 시작한 듯한 기분이 들어 상쾌해야 할 가을바람도 불쾌한 한기를 느끼게 했다. 일어서려고 할 때 옆에 앉아 있던 노인이,

"일이 힘들지요?"

하고 말했다. 노인은 아직 가을인데도 털장갑을 끼고 있었으며 지팡이를 들고 운동화를 신고 있었다. 등이 구부정했고, 게다가 입고 있는 짙은 회색 점퍼는 꽤 오래된 것인 듯 소맷부리가 해졌기 때문에 나는 아아, 저녁 무렵의 공원에는 늘 이렇게 가난해 보이는 노인 몇 명이 앉아 있구나, 하고 생각하며

되도록 눈을 맞추지 않으려고 일부러 등지고 앉아 있었다. 하지만 돌연 말을 걸어왔기 때문에 모른 체하고 떠날 수도 없는 노릇이라,

"……뭐 그렇지요."

하고 대답하며 노인을 돌아보았다. 하지만 이야기 상대가 되는 것은 성가셨기 때문에 노인의 눈을 보지 않고 지팡이에 시선을 떨어뜨렸다. 지팡이의 손잡이 부분에는 금장식이 감겨 있고 상아 세공도 되어 있었는데, 그것이 상당한 고급품이라는 것을 말해주고 있었다. 나는 다시 노인이 입고 있는 것으로 재빨리 눈을 움직여 차례로 보았다. 오래 입어서 상하기는 했지만 점퍼도 장갑도 바지도 모두 싸구려는 아니었다.

"해가 지지 않아도 구름에 가리면 무슨 까닭인지 다들 공원에서 나갑니다. 봄에도 여름에도요. 신기하지요."

노인이 이렇게 말한 순간 다시 석양이 비쳤다. 마른 잎도 벤치도 노인의 운동화도 자줏빛이 되었다. 나 역시 자줏빛으로 물들었을 것이다.

"기운을 잃었을 때는 어렸을 때의 자신을 떠올려보는 겁니다. 그게 기운을 되찾는 비결이지요."

"기운이 없어 보이십니까?"

노인은 내 물음에 그저 웃기만 하고 아무 말도 하지 않고는 천천히 일어나 살짝 고개를 숙여 인사했다. 그러고는 한 걸음 한 걸음 마른 잎이 깔린 길을 지르밟듯이 걸어 멀어져 갔다. 확실히 나는 그날 하루 기운이 없었다. 그렇지 않았다면 휴일도 아닌데 저물녘의 공원 벤치에서 시간을 보내지는 않았을 것이다. 내 기력을 잃게 하는 것은 많았다. 수면 부족, 거의 결정되어가던 거래의 결렬, 아내의 유산, 세 살짜리 맏딸이 옆집의 새 차를 못으로 무수히 흠집을 낸 것에 대한 배상금 마련. 그러나 그것들은 우연히 한꺼번에 겹쳐 일어났을 뿐이고 인생에 흔히 있는 사소한 불운에 지나지 않으며 어느 것이나 해결되지 않을 사건은 아니었다. 그런데도 나는 매우 낙심하고 있었다. 인생에 실패했다는 것을 확실히 자각한 사람처럼, 또는 의지와는 반대로 어떤 악마적인 힘에 조종되어 범죄를 저지른 사람처럼 심한 실의에 빠져 나는 회사를 나와 예정되어 있던 거래처로 가지 않고 카페에서 시간을 보내고 터벅터벅 골목길을 걸어 다니다가 어느새 이 공원에 들어선 것이다.

　　사람이 거의 없어진 공원 벤치에 다시 앉아 담배를 피웠다. 앞으로 20분은 해가 비칠 거라고 생각했다. 이미 분수 너머 미루나무 가로수 사이로 사라진 노인에게 나는 증오의 감정을 느꼈다. 그는 기운 없는 사람을 찾기 위해 공원 여기저기를 산책하고 악의에 찬 시선을 보내는 걸 일과로 삼고 있음이 틀림없다고 생각했다. 그리고 사냥감을 발견하면 다가가 더더욱 생명력을 잃게 하는 방법을 살짝 귀엣말로 해주는 것이다. ……어렸을 때의 자신을 떠올려보세요, 하고. 순진무구했던 시절, 마음속에 미래의 행복밖에 그리지 않았던 시절, 비도 천둥도, 견디기 힘든 더위나 추위도 자신을 비호해줄 사람의 품으로 기어들 적당한 재료였던 시절. 그런 시절의 자신을 떠올린들 무슨 소용이 있겠는가. 그런 시절로 돌아갈 수 있는 것도 아니고, 향수는 실의에 누름돌을 올릴 뿐이지 않은가. 그렇게 생각하면서도 내 마음속에는 곧 어렴풋이 어렸을 때의 일이 떠올랐다. 하지만 그것은 아무래도 선명한 영상이 되지 않았다. 이것저것 모든 게 안개 너머의 부유물처럼 불쾌하게 흔들릴 뿐이었다. 어렸을 때의 추억이라고 해도 무수히 많고, 게다가 나는 내가 어렸을 때 어떤 얼굴을 했는지 떠올릴 수 없었으며 어떤 몽상에 빠져 있었는지도 떠올릴 수 없었다. 나는 피우고 싶지도 않은 담배에 불을 붙이고 분수의 물보라를 바라보았다. 줄에 묶인 개에게 이끌려 산책하고 있는 소년이 멈추려고 발을 벌리고 힘껏 버티었다. 개의 발이 자갈 위에서 겉돌았다. 개는 헐떡거리며 계속 앞으로 나아가려고 했다. 소년은 결국 끈기에 져서 몸을 앞으로 구부리고 개에게 끌려갔다. 그 순간 아무도 없는 분수 앞에 책가방을 메고 강동강동 걸어가는 초등학교 1학년인 내 뒷모습이 보였다. 보였다기보다는 내가 억지로 거기에 놓았는지도 모른다. 나는 일곱 살인 나를 자줏빛 우주에 오도카니 서 있게 하고 바라보았다.

입학식 날 나는 물론 어머니의 손에 이끌려 교문 안으로 들어섰다. 하지만 이튿날도 나는 어머니와 함께 학교에 갔다. 돌아올 때도 어머니가 데리러 와주었다. 우리 일가는 오사카 시市 기타구區의 서쪽 끝에 살고 있었다. 근처의 아이들은 걸어서 15분쯤 걸리는 곳에 있는 초등학교에 다녔다. 그런데도 버스를 타고 다녀야 하는 소네자키 초등학교에 나를 입학시킨 것은 아버지의 뜻이었다. 환락가 한가운데에 위치한 그 초등학교는 기타구에서는 가장 수준이 높았다. 그리고 명문 대학 입학 실적이 좋기로 손꼽을 만한 고등학교에 들어갈 수 있는 길의 출발점이었다. 그러나 나는 어렸을 때부터 미아가 되어 부모님을 허둥대게 한 일이 여러 번 있었기 때문에 과연 무사히 버스로 통학할 수 있을지가 부모님의 가장 큰 걱정거리였다.

"버스를 타고 있을 때는 문제없을 거야. 아무튼 종점에서 내리기만 하면 되니까."

입학식을 며칠 앞둔 날 밤 꾸벅꾸벅 졸고 있던 내 귀에 취한 아버지의 목소리가 장지문 너머로 들려왔다.

"아무튼 얼떨결에 이리저리 막 가버리는 녀석이니까 정류장에서 내리고 나서가 문제야. 일주일쯤 당신이 등하굣길을 따라가. 아무리 저 녀석이라도 외우겠지."

"그렇겠죠. 일주일 데리고 다니면 어떻게든 길을 잃지 않고 혼자 다닐 수 있게 되겠지만, 아무튼 소네자키 신개지 한복판이라 여기저기 골목길이 많잖아요? 똑바로 가야 할 길을 오른쪽으로 꺾거나 하지 않을까요? 그럴지도 모르는 아이니까요."

"저 녀석은 왜 오른쪽으로 가야 할 데서 왼쪽으로 가버리는 걸까? 그건 무슨 병일 거야. 무슨 생각을 하는 건지, 원."

"당신이 오냐오냐 하며 키워서 그런 거잖아요. 그래서 저런 가난뱅이 도련님이 생긴 거예요."

가난뱅이라는 말이 아버지의 부아를 건드린 모양이었다.

"인생이 어떻게 될지는 아무도 몰라. 지금은 이런 데서 죽치고 있지만 나는 마누라와 아이를 굶기지는 않잖아. 당신이 말하는 가난뱅이라는 건 뭐야? 어? 가난뱅이라는 게 뭐냐고?"

아버지의 목소리가 거칠어졌다. 나는 아버지가 또 어머니를 때리지나 않을까 불안했다. 어머니도 아뿔싸 싶었는지,

"아무리 그래도 우리 애를 부잣집 도련님이라고는 할 수 없잖아요."

하고 조그만 목소리로 얼버무렸다.

"허어, 그럼 부자는 뭐야? 당신, 고급 기모노를 입고 큰 집에서 살면 그걸 부자라고 생각하는 거야? 가이즈카 마누라가 부러운가 보지?"

"이제 그 이야기는 좀 그만해요. 몇 번이나 해야 직성이 풀리겠어요?"

가이즈카란 아버지의 장사 동료로, 그 남자의 배신이 아버지의 장사를 망하게 한 직접적인 원인이었다. 나는 매일 밤 되풀이되는 부모님의 다툼이 반드시 가이즈카라는 남자의 이름으로 시작하는 것을 알고 있었기 때문에 이불에서 나와 장지문을 열고,

"아빠, 엄마 때리지 마."

하고 애원하듯이 말했다. 그러나 아버지는 나를 힐끗 한 번 쳐다보기만 하고 말투가 더욱 거칠어졌다.

"가이즈카 마누라가 부러운 거야? 그 여우 같은 얼굴을 좀

보라고. 분과 연지를 발랐지만 음부 옆에 때가 낀다는 것은 그런 여자를 두고 말하는 거야."

"아이 앞에서 그런 말 좀 하지 마요."

어머니는 얼굴을 찌푸리며 일어나 나를 이불에 눕히고 속삭였다.

"얼른 자. 일찍 자고 일찍 일어나는 습관을 들여놔야 초등학교에 가게 돼도 힘들지 않지."

"아빠하고 싸우지 마."

응응, 하며 고개를 끄덕이고 어머니는 장지문을 닫고 옆방으로 돌아갔다.

"버스는 오사카 역 건너편에 서지요? 한신 백화점 바로 앞이요. 그러면 그대로 미도스지의 신호등이 있는 횡단보도를 건너 소네자키 경찰서 옆길을 똑바로 가면 교문 앞이 나오니까, 아무리 저 아이라도 사흘만 데려다주면 알게 될 거예요."

어머니는 위태로워진 형세를 바꾸려고 이야기를 처음으로 되돌렸다.

"그렇게 똑바로 가지를 못하니까 곤란하지."

"참 묘한 아이예요."

아버지가 웃었다. 나는 안심하고 그대로 잠에 빠져들었다.

어머니는 입학식 날과 그다음 날만 따라와주었다. 그리고 잘 알아듣도록 두리번거리는 내 머리를 두드리며 이것이 한신 백화점, 신호등의 파란불이 켜질 때까지 기다리고 나서 이 길을 건넌다고 말하며 그 말대로 행동했다.

"자, 건넜지? 이 갈색 건물이 경찰서야."

어머니는 내 손을 잡아끌며 보도를 남쪽으로 10미터쯤 가서 멈추고 좁은 골목을 손으로 가리켰다.

"첫 번째 골목이야. 여기서 도는 거다. 왼쪽으로. 오른쪽이 아니야. 오른쪽으로 돌면 차에 치여."

"그런 건 나도 알아."

"넌 알아도 도는 애니까 그렇지."

그리고 골목으로 들어갔다. 등교할 때여서 나와 같은 신입생임을 보여주는 새 모자를 쓰고 새 책가방을 맨 학생이나 상급생 들이 우리를 앞질러 갔다.

"아무튼 이 길을 똑바로 가는 거야."

어머니는 강한 어조로 이렇게 말했다. 오른쪽에는 술집이나 음식점, 파친코점 등이 이어지는 골목이 있었다. 어머니는 결코 그 골목길에는 들어가면 안 된다고 했다. 거기로 들어가면 무서운 아저씨가 많아서 나를 어딘가 멀리 데려가 두 번 다시 집으로 돌아올 수 없을 거라고 위협했다.

이튿날 수업이 끝나고 교문을 나오자, 일단 집으로 돌아갔다가 버스를 타고 나를 데리러 온 어머니가 걱정스러운 얼굴로 서 있었다. 아침과 같은 식으로 돌아가는 길을 가르쳐주며 한신 백화점 앞까지 갔다.

"여기가 내린 곳이야. 여기서 버스를 기다리면 안 돼. 봐, 저쪽에 52번이라고 쓴 정류장이 있지? 거기서 타고 차장한테 정기권을 보여주며 나는 어디어디서 내리니까 도착하면 알려주세요, 하고 말하는 거야. 말할 수 있지? 어디 한 번 말해봐."

나는 책가방의 쇠 장식에 단단히 묶어 안에 넣어둔 정기권 케이스를 꺼내 어머니가 말한 대로 그 말을 되풀이했다.

이튿날 나는 드디어 혼자 학교에 가게 되었다. 어제도, 그제도 같은 버스를 탔던 여자가 정류장에 서 있었다. 버스가 다리를 건너 다가왔다. 나는 만원 버스에 올라 어른들의 발밑을 누비고 운전석 가까이 갔다. 조금도 무섭지 않았다. 나는 책가방에서 정기권 케이스를 꺼내, 이것만 있으면 돈이 없어도 하루에 몇 번이고 이 버스를 타고 왔다 갔다 할 수 있을 거라고 생각했다. 나는 정기권의 숫자나 읽을 수 없는 한자를 열심히 들여다보기도 하고 운전수가 핸들을 돌리는 솜씨를 기웃거리기도 하고 바깥 경치를 바라보기도 했다. 아버지가 튼튼한 낚싯줄 세 줄로 꼬아 만든, 정기권 케이스와 책가방의 쇠 장식을 연결하는 긴 끈을 들고 나는 정기권 케이스를 힘껏 휘둘렀다. 그것이 좌석에 앉아 있던 할아버지의 손에 닿았다.

"이놈!"

노인은 손등을 누르며 나를 엄하게 꾸짖고는,

"그건 걸 휘두르면 위험하잖아."

하고 소리쳤다. 깜짝 놀란 나는 노인에게 등을 돌렸다. 버스는 우메다신미치를 왼쪽으로 돌아 미도스지를 오사카 역 앞으로 달렸다.

"모자가 크구나."

조금 전의 노인이 웃는 얼굴로 내 모자를 만졌다.

"더 작은 게 없었나?"

제일 작은 모자 안에 신문지를 채워 넣어도 아직 내 눈썹 아래까지 내려왔다.

"이게 제일 작은 거예요."

내가 이렇게 말하자 주위의 몇몇 어른들이 웃었다. 나는 부끄러워서 고개를 숙였다. 그러자 모자가 흘러내려 눈까지 가리고 말았다. 그래서 어른들이 다시 웃었다. 젊은 직장인 같은 남자가 내 머리에서 모자를 벗기고 손에 들고 있던 신문지를 접어 둥글게 만들어 땀받이 안쪽에 끼워 넣어 주었다. 아버지가 이미 그렇게 해주었기 때문에 남자가 끼워 넣은 신문지는 땀받이 안쪽에서 상당히 비어져 나왔지만 그 덕분에 모자는 내 이마에서 더 이상 흘러내리지 않았다. 나는 큰 소리로,

"고맙습니다."

하고 말했다.

"얼굴이 아주 작구나. 완전히 송이버섯 갓처럼 되었어."

이번에는 조금 전보다 더 많은 사람들이 나를 보고 소리 내서 웃었다. 나는 말라깽이라는 말과 얼굴이 작다는 말을 듣는 게 싫었다.

"1학년 3반에는 나보다 작은 아이가 세 명이나 있어요."

나는 상당히 정색을 하고 말했을 것이다. 운전수까지 돌아보며 웃었다.

버스에서 내리자 나는 봄의 아침 햇살로 가득 찬 보도에 멈춰 서서 정기권 케이스를 책가방에 넣었다. 한 손을 등으로 돌려 그대로 쑤셔 넣으면 되는데도 나는 일부러 책가방을 어깨에서 내려 길바닥에 놓고 밑바닥 쪽에 넣었다. 나는 요령이 나빠서 다른 아이가 아주 쉽게 해내는 일에도 상당한 시간

을 필요로 했다. 단추를 끼우는 것도, 밥을 먹는 것도, 양말을 신는 것도. 나는 책가방을 멨지만 아무래도 모양이 좋지 못했다. 옷자락이 쇠 장식에 걸려 벗겨져 옷소매가 팔꿈치까지 밀려 올라가 아무리 당겨도 고쳐지지 않았다. 나는 다시 책가방을 내려 길바닥에 놓았다. 그리고 보도에 앉았다. 책가방을 내 등과 같은 높이에 두고 가까스로 제대로 멜 수 있었다. 하지만 그렇게 하는 데 10분 가까운 시간을 쓰고 말았다. 나는 미도스지를 향해 걷기 시작했다. 건물과 차와 사람들 무리가 나를 주춤거리게 했다. 어제도 그제도 어머니가 옆에 있어서 그것들은 어딘가 신기하고 즐거운 풍경이었는데 혼자가 되자 일변하여 어쩐지 냉담한 도깨비처럼 보였던 것이다. 한동안 나는 못 박힌 듯 서 있었다. 배에 천을 두르고 작업화를 신은 남자가 내 몸을 스치며 앞질러 갔다. 남자는 겨드랑이에 알루미늄 도시락을 끼고 있었는데 뭔가에 걸려 넘어질 듯 비틀거리다가 도시락을 떨어뜨리고 말았다. 보도에 밥 덩어리와 말린 정어리 몇 마리, 게다가 매실 장아찌 하나가 흩어졌다. 도시락 뚜껑은 고무줄 하나로만 닫혀 있었던 모양인지 떨어진 순간 고무줄이 끊어져 내용물이 어지러이 흩어졌던 것이다. 남자는 더럽혀진 밥을 줍고 말린 정어리와 함께 매실 장아찌를 모으며 땅바닥을 기었다. 그리고 도시락에 담아 넣고 횡단보도를 뛰어서 건너갔다. 남자가 다 건너자마자 신호는 빨간불로 바뀌었다. 나는 남자가 주워 담고 남은 밥알을 보고 있었다. 그것을 포기하고 떠날 때 남자의 슬퍼 보이는 얼굴이 나를 더욱 불안하게 했다. 오른쪽에 한신 백화점의 쇼윈도가 보였다. 유리 안에서 남자 몇 명이 마네킹에 옷을 입히고 있었다. 나는 쇼윈도 앞으로 달려가 남자들의 작업을 구경했다. 신호등이 파란불로 바뀌어서 나는 미도스지를 가로질러 소네자키 경찰서 앞에서 오른쪽으로 돌았다. 커다란 대바구니를 짊어진 땟국이 흐르는 노인이 길에 떨어진 담배꽁초를 주워 모으고 있었다. 긴 막대기에 펜촉이 동여매져 있었는데 노인은 오른쪽으로 갔다 왼쪽으로 갔다 하며 담배꽁초를 찔렀다. 내가 노인을 피하려고 오른쪽으로 가자 그도 오른쪽으로 다가왔다. 왼쪽으로 가자 그도 왼쪽으로 다가왔다. 나는 어떻게든 노인을 지나치려고, 그가 경찰서의 벽 쪽으로 다가간 순간 전속력으로 그 옆을 빠져나갔다. 어머니가 가르쳐준 골목길은 아무리 가도 나오지 않았다. 나는 담배꽁초를 줍는 노인을 앞지를 때 꺾어 들어가야 할 골목 앞을 지나치고 말았던 것이다. 나는 뒤를 돌아본 채 담배꽁초를 줍는 노인이 지나가기를 기다렸다. 노인은 점점 나에게 다가왔다. 나는 은행나무 가로수에 기대 노인에게서 몸을 감추려고 했다. 노인은 내 발밑에 떨어져 있는 담배꽁초를 찌르고 나를 보았다. 눈을 깜박이지도 않고 바라보며 나를 손으로 가리켰다. 그리고 돌연 큰 소리로 말했다.

"이놈아, 너는 왜 지금껏 나한테 편지 한 통 안 보낸 거야?"

나는 은행나무 뒤로 돌아 경찰서 앞까지 도망쳤다. 만약 그때 같은 학교의 학생인 듯한 무리가 횡단보도를 건너오지 않았다면 아마 나는 그대로 동서를 분간하지 못하고 어딘가로 가버렸을 게 뻔했다. 나는 상급생인 듯한 초등학생들 뒤를 따라갔다. 경찰서 옆의 골목길로 꺾어들자 본 적이 있는 전당포의 까만 포렴이 보였다. 그 골목길만 어두워서 내게는 한 번 들어가면 두 번 다시 돌아 나올 수 없는 길로 보였다. 그래도 상급생은 척척 나아갔기 때문에 나는 하릴없이 따라갔다. 그 집 앞에 상반신을 벗은 남자가 쓰러져 있었다.

"와아, 죽었다, 죽었어."

상급생 하나가 재미있다는 듯이 놀려댔다. 남자는 술 냄새가 나는 숨을 헐떡거리며 일어나,

"뭐라고! 방금 죽었다고 씨불인 놈이 누구야?"

하고 소리쳤다. 상급생들은 익숙한 몸놀림으로 남자 옆을

빠져나갔다. 나도 늦지 않으려고 달렸다.

"매일 여기서 죽어 있잖아!"

조금 전의 소년이 남자에게 아래 눈꺼풀을 뒤집어 보이며 이렇게 말했다. 남자는 비틀거리는 다리로 쫓아오려고 했지만 엉덩방아를 찧고 그대로 길 위에 뻗어버렸다.

"죽어, 죽어, 죽어버려!"

다른 누군가가 말했다. 남자는 드러누운 채 발버둥을 쳤다. 상급생 하나가,

"너도 말해."

하고 내게 말했다.

"죽어, 죽어, 죽어버려."

내가 말을 다 끝내기도 전에 상급생들은 환성을 지르며 교문을 향해 골목길을 앞다투어 달리기 시작했다. 나는 서둘러 뒤를 따라갔다. 그리고 교문을 지나 1층 끝에 있는 내 교실로 숨을 헐떡이며 들어갔다.

지금은 늙어버린 어머니가 가난한 생활 속에 생을 마감한 아버지에 대한 추억을 이야기할 때 거기에는 애정과 증오가 뒤섞여 있다. 증오의 원인은 거의 아버지의 나쁜 술버릇과 생

활고 속에서 자신 몰래 여자를 두었던 사실에 있다. 하지만 아버지에 대한 어머니의 깊은 애정 가운데 하나는 외아들인 나를 얼마나 예뻐했는가 하는 데 있었다. 어머니는 특별히 숨긴 것이 아니라 잊고 있었다고 서두를 깔고 나서 이야기했다.

"그날 네 아버지가 나한테 슬쩍 말했어. 그 녀석 뒤를 따라가 보라고. 버스가 도착했을 때 나는 집에서 정류장까지 달려가 제일 나중에 버스를 탔어. 정기권 케이스를 휘두르지, 버스에서 내리더니 갑자기 길바닥에 앉아 책가방을 고쳐 메지, 지각할지도 모르는데 도시락을 떨어뜨린 사람을 언제까지고 보고 있지, 차라리 나서서 학교까지 데려다줄까도 생각했지만 웬만하면 따라간 것을 들키지 말라고 해서 뒤에서 안절부절 못하고 숨어 있었어. 가까스로 걸어가나 싶으면 백화점 쇼윈도를 보러 겅둥거리며 가지를 않나, 횡단보도를 무사히 건너갔나 싶어 안도했더니 담배꽁초를 줍는 노인을 앞질러 엉뚱한 데로 달려가지를 않나. 담배꽁초를 줍는 노인한테 영문을 알 수 없는 소리를 듣고 총알처럼 뒤로 돌아갔을 때 나는 더 이상 견디지 못하고 말을 걸었어. 그런데도 알아채지 못하더라. 골목에서 곤드레만드레 취한 남자한테 '죽어, 죽어, 죽어버려'라고 소리쳤을 때는 내 다리까지 후들후들 떨리더라니까."

어머니는 이야기 마지막에 이렇게 말하고 웃으며 눈물을 글썽였다.

"네가 교문으로 들어간 것을 확인하고 집으로 돌아오고 나서 네 아버지한테 자초지종을 이야기해줬어. 배를 잡고 웃더라. 장사가 망하고 나서 네 아버지가 그렇게 재미있다는 듯이 웃었던 것은 그 이전에도 이후에도 없었을 거야. 다행이네, 다행이야. 미덥지 못한 녀석이라도 이제 혼자 살아갈 수 있을 것 같은 전망이 보여. 이렇게 말하고는 네가 돌아오기를 이제나저제나 기다렸어."

나는 분수를 봤다. 내 모습은 사라져 갔다. 언젠가 다시 떠올리며 걷기 시작할지도 모른다. 하지만 그것은 바로 1년쯤 전 어머니에게서 들은 이야기를 기초로 내가 어느 날 밤 감상과 도취가 뒤섞인 마음으로 지어낸 상상의 산물이다. 어린 나의 뒷모습은 나라는 인간 속의 골목길로 돌아갔을 것이다.

오천 번의 생사

오늘 밤은 오랜만에 취했네. 대체로 밤이 되면 술을 마시지만 이렇게 마음 편히 취한 것은 정말 오랜만이지. 그래서 소중히 간직해둔 이야기를 들려주겠네. 기분 좋게 취하고, 게다가 자네 같은 이야기 상대가 있는 건 나한테는 지난 수년간 없었던 일이니까. 일, 일, 일. 일요일도 국경일도 있으나 마나였지. 아주 큰 임대 빌딩의 한 방에 드디어 조그만 사무실을 갖게 된 것이 5년 전인데, 언제 망할지 모르는 내 디자인 사무소라네. 대략적인 밑그림부터 제판製版용 원고를 잘라 붙이는 일까지 나 혼자 해야 하지. 10시 전에 집에 들어간 날은 손으로 꼽을 정도일 걸세. 들어가면 아들은 자고 있고 아내도 하품을 억지로 참고 있지. 뭐랄까, 같이 있어 달라고 하는 게 딱해서 목욕을 하고 밥을 먹으면 그만 "이제 됐으니까, 먼저 자"라고 말해버리지. 그래서 술을 마시기 시작하는 것은 대략 1시쯤이네. 소리를 죽여 FM 방송을 들으며 이 주택 단지의 낮은 천장 아래서 이런저런 망상에 빠지며 마시는 거지. 그런 술이 적당한 양에서 끝날 리 없지 않겠나…….

아직 초등학교 1학년이라도 옆방에서 아들이 자고 있다는 걸 생각하는 것만으로도 내 정신 상태가 상당히 다르다는 걸 알 수 있었네. 아내가 친정에 간 지 오늘로 나흘째인데 아들의 잠꼬대도 아내의 건강한 코골이 소리도 들리지 않는 방에서 앞으로 닷새 동안 어떻게 지낼까, 하고 생각했지. 그런 생각을 하며 돌아왔더니 자네가 문 앞에 서 있어서 깜짝 놀랐네. 장모의 병도 그렇게 걱정할 정도는 아니라는 것을 알고 일단 안심했지. 이보게, 오늘은 마셔보세. 아무튼 10년 만이군. 아니, 그렇지 않아. 12년 만이네. 12년이야. 둘 다 참 의리 없는 사람들일세. 하지만 정말 잘 와주었네. 경기가 좋아 보이지 않는다고? 뭐, 그런 거야 아무래도 좋아. 안성맞춤인 이야기를 시작하지. 그 전에 한 잔 더 목을 축이고…….

대학 2학년 겨울에 있었던 일이네. 어디 보자, 그게 몇 년 전이더라? 그러니까 벌써 14년 전이군. 기억하지? 그 던힐 오일라이터 말이야. 돌아가신 아버지의 유품을 정리하다가 책상 밑에서 나온 골동품. 자네가 갖고 싶어 했잖은가. 아무튼 가루치약으로 닦았더니 던힐이라는 글자와 메이드 인 잉글랜드, 게다가 1929라는 숫자가 나왔고, 덜거덕거리는 데가 하나도 없었지. 자네가 일부러 라이터용 오일을 사와서 제대로 불이 켜지는지 시험해봤지 않나. 그때 자네의 얼굴은 지금도 잊을 수가 없네.

"켜졌다!"

이렇게 말하고 한동안 불을 보고 있지 않나. 그러다가 눈을 부릅뜨고 내 손에서 라이터를 낚아챘지. 자넨 이렇게 말했네.

"이봐, 이건 대단한 라이터야."

아니, 그게 아닌가. 오사카 사투리야, 오사카 사투리. 오사카 사투리로,

"보래이, 이기 엄청난 라이터인기라."

하고 소리쳤지.

난 대학을 졸업하고 곧 도쿄로 올라왔고 그 이후로 한 번도 오사카에 가지 않았네. 게다가 아내도 지바 출신이지. 오사카 사투리는 벌써 몇 년이나 쓰지 않았네. 하지만 이 이야기를 하려면 오사카 사투리를 쓰지 않을 수가 없어. 이 이야기는 아내한테도 말한 적이 없네. 언젠가 아들이 커서 내 술 상대라도

되어준다면 이야기해주려고 소중히 간직하고 있었지.

자네는 이 라이터엔 가격을 매길 수 없다고 했네. "1929년은 이 라이터가 제조된 해일 거야. 여러 가지 설이 있지만 아무래도 던힐이 라이터를 만든 것은 1921년이지, 그것도 시제품으로. 제대로 된 모양의 오일라이터가 만들어진 것은 그보다 몇 년 뒤일 거야. 그 오일라이터가 일본에 정식으로 수입된 게 1925년이니까, 야, 이거 정말 엄청난 라이터네. 놋쇠로 만들어지고 은으로 도금되었지만 오래 써서 도금은 거의 다 벗겨졌어. 하지만 벗겨진 것이 더 좋지 않나. 게다가 이 모양을 봐. 쓸데없는 데가 하나도 없고 지나치게 소박한 정도지만 이거야말로 라이터다 하는 기품이 있지. 게다가 바닥의 둥근 덮개. 나사식이어서 풀면 밑바닥 뒤에 보충용 돌을 넣어두기 위한 세공이 되어 있어. 이 라이터가 54년이나 전에 만들어졌다니, 믿을 수가 없어." 자네, 이렇게 마구 지껄여댔잖은가. 그러고 나서 나를 침떠보며 만 엔에 넘겨. 이렇게 말했지. 내가 잠자코 있자 자네는 결국 5만 엔까지 가격을 올렸네. 5만 엔…….정말 나는 그 돈이 절실했어. 아무튼 아버지는 빚을 남기고 돌아가셨지, 어머니는 몸이 약하고 대학은 아직 2년이나 남았지, 게다가 내일 먹을 쌀도 없어서 어려움을 겪는 지경이었으니까. 내가 그때 팔겠다고 하지 않은 건 특별히 라이터의 가치에 끌려서가 아니라네. 자네보다 돈을 더 많이 주겠다는 수집가에게 넘길 생각이 있었던 것도 아니야. 나는 아버지가 왜 이런 골동품 같은 라이터를 아주 소중히 간직하고 있었는지가 신기했다네. 아버지는 뭔가 물건에 빠지는 사람이 아니었거든. 불을 붙이는 것은 성냥으로 충분했지. 늘 그런 사람이었으니까 이 라이터에도 아무한테나 말할 수 없는 아버지만의 추억이 있지 않을까, 그런 생각이 든 거야. 아버지가 돌아가신 직후여서 나도 다소 감상적이 되었던 거겠지.

자네가 결국 포기하고 돌아간 지 정확히 열흘 후였네. 5만 엔이 정말 필요했지. 빚쟁이는 몰려오지, 어머니는 몸져눕지, 집은 저당 잡혀 있어 어딘가에 방이라도 얻어야 했거든. 하지만 나도 어머니도 돈으로 바꿀 만한 물건은 이미 탈탈 털어서 빈털터리였다네. 자네한테 라이터를 팔 수밖에 없었지. 집을 나설 때 자네한테 전화 한 통이라도 걸었더라면 좋았을 거야. 그런데 집 안에 있는 돈이 5엔짜리 동전하고 1엔짜리 동전까지 다 긁어모아도 그 전화비가 안 되었네. 내가 살고 있던 후쿠시마구區에서 자네 집이 있는 사카이 시市까지 가는 편도 요금밖에 없었지. 이상한 일이야. 정말 딱 편도 요금밖에 없었거든. 나는 그 일을 생각할 때마다 뭔가 여러 가지 일을 알 것 같은 기분이 든다네. 그렇지 않겠나. 잘 생각해보면 내가 전화를 걸어 라이터를 팔겠다고 말하면 자네는 집까지 튀어왔을 거야. 그런데 내 머릿속에는 5만 엔의 돈밖에 없었지. 전화를 걸면 전철 요금이 10엔 부족해진다는 것밖에 생각하지 않았네. 일이 잘 풀리지 않을 때는 무슨 일이든 그런 식으로 진행되지.

2월 15일이었네. 저녁 8시가 지나 나는 버스를 타고 오사카 역까지 갔지. 거기서 지하철로 난바까지 가서 난카이 전철로 갈아탔어. 사카이 역까지 가는 표를 사고 나자 나는 완전히 무일푼이 되었네. 호주머니에 5만 엔에 팔릴 라이터가 있을 뿐이었지. 자네한테 라이터를 주고 5만 엔을 받으면 아무튼 우메다까지 돌아가 꼬치구이에 뜨거운 술을 마실 생각만 하며 전철에서 흔들리고 있었네.

자네 집 앞에 도착한 것은 9시 반경이었지. 집 안에는 전등이 하나도 켜 있지 않더군. 초인종을 몇 번이나 눌러도 응답이 없었어. 나는 한 시간 가까이 덜덜 떨며 문 앞에서 그 집 사람이 돌아오기를 기다렸네. 기와로 지붕을 이은 호사스러운 대문 앞에서. 옆집 개가 컹컹 짖으니 현관에서 사람이 나오더군. 그 사람이 말해주지 않았다면 나는 두 시간이고 세 시간이고 자네 집 앞에 서 있을 뻔했네. 어제 가족 여행을 떠났다고 하더군. 규슈를 돌고 온다고 했으니까 상당히 긴 여행이 아닐까요, 하고 말이네. 자네, 그때 내 기분이 어땠는지 알겠나? 눈앞이 캄캄해진 정도가 아니었네. 나한테는 돈 한 푼 없었거든. 바람이 세서 귀가 떨어져나갈 것 같았네. 게다가 아침에 우유 한 병을 마셨을 뿐 배 속이 텅 비어 있었지.

나는 터벅터벅 걷기 시작했네. 역까지 갔지. 역장에게 사정을 이야기하고 돈을 빌릴까, 하고 생각해서야. 하지만 세상에는 선의를 가진 사람만 있는 게 아니라는 것을 뼈에 사무치게 알게 된 사건이 아버지가 돌아가신 후 차례로 일어나서, 아무래도 사카이 역의 역장실 문을 밀고 들어갈 수가 없었지. 나는 전당포를 찾았네. 이만큼 값어치가 있는 물건이니까 어떤 전당포도 틀림없이 돈을 빌려줄 거라고 생각했지. 전봇대에 붙은 전당포 간판을 보고 그 표시를 따라 걸어가는 중에 문득 생각이 바뀌었네. 자네가 라이터에 5만 엔이라는 값을 매긴 것에 어쩐지 굉장히 화가 나더군. 그 당시는 대졸 초임이 3만 엔이 될까 말까 하는 시절이었네. 나는 200엔 안팎의 돈이 없어 비장한 표정으로 전당포로 가고 있었으니까. 흥, 규슈로 가족 여행이란 말이지. 5만 엔에 넘기라고? 젠장, 죽어도 나는 걸어서 돌아갈 테다. 갑자기 그렇게 생각했다네. 나는 다시 한 번 역까지 돌아가 한동안 선로를 따라 걸어갔지. 곧 막다른 길이 나왔네. 골목을 지그재그로 돌아 그럭저럭 국도로 나왔지. 뼛속까지 스며드는 추위라는 것은 그런 밤의 추위를 말하는 걸 거야.

그렇게 불쾌한 표정은 짓지 말게. 자네를 원망하는 게 아니네. 사카이에서 오사카 시 후쿠시마구까지 걸어서 돌아간 한 겨울밤의 이야기를 하고 싶을 뿐이니까. 나는 마음속으로 어떤 것을 빌면서 걸었네. 순찰차가 지나가지 않을까……. 그 순찰차에 탄 경찰이 한밤중에 혼자 터벅터벅 걷고 있는 나를 수상히 여겨 불심검문이라도 해주면 좋을 텐데. 그러면 나는 자초지종을 설명하고, 그러면 순찰차로 집까지 데려다줄지도 모르는데. 이런 생각을 했거든. 그런데 아무리 망나니짓을 하며 걸어도, 도둑놈처럼 종종걸음으로 주위를 두리번거리는 모습을 보여도 순찰차는 전혀 멈춰 서지 않더군.

세 시간쯤 걸었을 거야. 아니, 두 시간쯤이었는지도 모르지. 시간 감각도 방향 감각도 없어졌으니까. 이제 춥다는 걸넘어서 그저 걷고 있는 시체 같았지. 트럭 불빛으로 표지판의 야광 도료가 빛났네. '국도 26'이라는 글자와 '스미요시 공원 10킬로미터'라는 글자가 보이더군. 웬걸, 나는 반대 방향으로 걷고 있었던 거네. 아무튼 영문을 알 수 없는 신음 소리를 내며 돌아갔지.

국도 26호선은 외길로 난바까지 이어져 있네. 아아, 아무래도 좋아, 이 길을 걸어가면 되겠지. 이렇게 생각했더니 조금 힘이 나더군. 스미요시 다음은 고하마, 고하마 다음이 기시노사토, 다음이 하나조노초, 다음이 다이코쿠초. 다이코쿠초에서 난바까지는 엎어지면 코 닿을 데다. 난바까지만 가면 후쿠시마까지는 한 시간 반이나 두 시간이면 가겠지. 머릿속으로 지도를 그리며 지명을 확인하는 사이에 불안해지더군. 알겠나? 그런 상태로 걷다가는 동틀 녘이나 그 직전에 하나조노초를 지나야 하거든. 하나조노초라고. 가마가사키가 있는 하나조노초란 말이야. 그렇게 추운 날 새벽에는 반드시 길가에 몇 명이 동사해 있는 하나조노초의 한복판을 지나는 거라고. 죽어도 걸어가겠다는 결심이 흔들리더군. 그래도 다리만은 앞으로 움직였네. 기계적으로 말이야. 길에는 개미 새끼 한 마리 안 보이더군. 트럭 소리가 날 때마다 길이 흔들렸네. 머지않아 어쩐지 누가 뒤를 따라오는 것 같아 슬쩍 돌아봤더니 10미터쯤 뒤에서 자전거를 탄 남자가 내가 걷는 속도에 맞춰 좌우로 왔다 갔다 하며 자전거 페달을 밟고 있더군. 나는 그 남자를 먼저 보내려고 길가에 서서 오줌을 누었네. 그랬더니 그 남자도 자전거에서 내려 오줌을 누는 거네. 나는 슬쩍 소프트볼 크기의 돌을 주워 코트 주머니에 넣어 꼭 쥐었지. 녀석은 내가 걷기 시작하자 다시 자전거를 타고 따라오는 거네. 나는 어딘가 골목으로 뛰어들까도 생각했지만 상대는 자전거니 따라잡힐 게 뻔하지 않나. 이런저런 생각을 했다네. 이놈은 대체 누굴까. 길거리의 묻지 마 살인범일까, 강도일까. 강도라면 라이터를 뺏기는 것으로 끝나겠지만, 그저 사람을 죽이고 싶어 하는 남자라면 어떻게 될까.

나는 더 이상 참을 수 없게 되어 돌아보며 말했다네.

"왜 뒤를 따라오는 거야? 나는 한 푼도 없어. 다른 데로 가."

입술이 마비되어 침이 흐르는 것도 몰랐다네. 그 남자는 아무 말도 하지 않고 가만히 나를 보다가 곧 자전거에서 내리더군. 그러고는 자전거를 밀며 내 옆으로 다가왔지. 차 불빛이 남자의 얼굴을 비췄네. 빡빡 밀어버린 머리에 스물대여섯 살쯤 되려나. 명란젓 같은 입술과 보통 사람의 두 배쯤 되지 않을까 싶게 굵은 눈썹이라 하마터면 비명을 지를 뻔했네. 그런데 말이야, "어디까지 가?" 하고 드디어 입을 연 그 목소리가 여자처럼 묘하게 부드럽더라고.

그래도 나는 호주머니 속의 돌을 쥔 채, "후쿠시마까지" 하고 대답했지.

"후쿠시마라니, 후쿠시마구 말이야?"

"응, 맞아."

"왜 전철을 타지 않고?"

"한 푼도 없어서."

그 남자는 자전거 짐받이를 두드리며, "타. 데려다줄게" 하고 말하더군. 그렇게 말한다고 간단히 탈 수는 없잖은가. 나는 거절했네. 더 이상 따라오지 말라고 부탁하고 다시 걸어가기 시작했지. 돌아봐도, 돌아봐도 녀석은 뒤에 있는 거네. 결국 스미요시 공원이 있는 데까지 오고 말았지.

나는 낡은 건물 앞에 앉았네. 장딴지가 아팠고 게다가 몇 번이나 현기증이 났으니까.

"자전거에 타. 데려다줄 테니까."

내가 잠자코 있으니 같은 말을 여섯 번, 일곱 번이나 되풀이하는 거네.

"너, 나를 자전거 뒤에 태우고 어디로 데려갈 생각이야?"

"후쿠시마."

"거짓말 마! 그런 수에는 안 넘어가니까. 아까부터 말했잖

아. 나는 돈 한 푼 없다고. 나는 빈털터리가 됐어. 아무리 나를 속이려고 해도 소용없어. 어디 노무자 합숙소 같은 데로 데려 갈 생각이겠지?"

"노무자 합숙소라는 건 뭐야?"

나는 코트 옷깃을 세우고 오랫동안 웅크리고 있었네. 무릎에 얼굴을 묻었지. 그랬더니,

"그러고 있다가는 죽고 말 거야. 데려다줄 테니까 타."

하고 응석받이를 어르듯이 느긋한 어조로 말했네. 나는 얼굴을 들며, "너 집은 없냐?" 하고 물었네.

"집은 있지."

"그럼 얼른 집에 가. 참 끈질긴 사람이군. 나하고 같이 있다가는 너도 죽고 말 거야."

"난 죽고 싶어."

녀석은 싱글벙글 웃으며 그렇게 말했지. 그 싱글벙글 웃는 것에 지고 말았네. 참 묘하게 싱글벙글한 웃음이었지. 내가 일어나 자전거 짐받이에 올라타자 녀석은, "출발" 하고 큰 소리로 기쁜 듯이 소리치고는 맹렬하게 페달을 밟기 시작했네.

"내 몸을 꼭 껴안아."

녀석의 배에 팔을 휘감고 나는 깜짝 놀랐네. 녀석은 얄팍한

점퍼 안에 스웨터도 내의도 입지 않은 거야. 그날 밤은 영하였네. 그해 겨울에 가장 추운 날씨라고 석간에 났었지. 아침 6시 관측으로 영하 6도로, 오사카가 영하 5도 이하로 떨어진 것은 4년 만이라고 쓰여 있었네. 나는 녀석의 점퍼 너머로 전해오는 체온이 기분 좋았지. 경륜 선수처럼 페달을 밟더군. 괴상한 녀석이었지만 그렇게 나쁜 놈은 아닌 것 같았어. 뭐, 아무래도 좋아. 정말 후쿠시마까지 태워주면 횡재하는 거니까. 그렇게 생각하며 양 볼을 번갈아 녀석의 등에 대고 따뜻하게 했지. 머지 않아 불길한 예감이 들더군. 녀석이 말한 한마디가 말이야.

"난 죽고 싶어."

녀석은 저승에 갈 길동무를 찾고 있었던 게 아닐까. 자전거 페달을 밟는 게 보통이 아니야. 이 녀석, 진짜 죽을 생각일까. 나는 필사적으로 녀석의 등을 두드리며 속도를 줄이라고 부탁했네. 의외로 간단히 말대로 하고는, "무서워?" 하고 묻는 거네. 나는 엉덩이가 아프다고 대답했지. 그러고 나서, "아까, 죽고 싶다고 했지? 그건 왜지?" 이렇게 물어봤네. 자전거 옆을 아슬아슬하게 지나쳐가는 장거리 트럭의 굉음보다도 바람 소리가 더 대단했지. 맞바람이었거든. 그렇게 추운 밤은 이전에도 없었고 앞으로도 절대 없을 거라고 생각하네.

시간이 꽤 지나고 나서 녀석이 불쑥 말했지.

"아까는 죽고 싶었지만 지금은 살고 싶어."

자전거를 멈추고 나를 돌아보며 이렇게 말했네.

"나는 하루에 오천 번쯤 죽고 싶어지고 또 살고 싶어져. 형도 의사도 그게 내 병이라고 하는데, 나는 아무리 생각해도 병이라고는 생각되지 않아. 다들 그렇지 않나? 넌 어때?"

나는 서둘러 자전거 짐받이에서 내렸네. 왜 눈치채지 못했을까. 그래, 이 녀석은 머리가 이상한 거구나. 이렇게 생각했더니 아주 오싹하더군. 나는 정중히 고마웠다고 말하고, 이제 곧 기시노사토니까 거기까지만 가면 괜찮아, 덕분에 살았어, 아무쪼록 돌아가줘, 하고 기분 나쁘게 하지 않고 그대로 아무 일 없이 헤어지려고 했지. 그런데도 내가 걷기 시작하면 또 따라오는 거야. 이번에는 뒤에서가 아니라 나란히 서서 말이지. 나는 되도록 대꾸를 안 하려고 생각했지만 녀석은 아주 열심히 말을 걸어오는 거네. 곧 묘하게 내 마음을 어지럽히는 말을 꺼냈지.

"나를 미치광이라고 생각하지? 어째서? 너 역시 죽고 싶기도 하고 살고 싶기도 하지 않아? 그런 생각을 하는 건 인간뿐이지 않나? 내가 정상적인 인간이라는 증거 아닌가?"

그 말을 듣고 보니 확실히 그런 것 같기도 했네. 대꾸를 하지 않겠다고 마음먹었는데도 무심코 입을 열고 말았지.

"그야 그렇지. 하지만 하루에 오천 번이나 죽고 싶어진다거나 살고 싶어진다는 건 역시 예사로운 일이 아니야."

"그런가?"

녀석은 입을 다물고 뭔가 생각에 잠기더군. 큰 교차로 근처까지 갔고, 그 모퉁이에 은행 간판과 시계가 보였네. 세 시였지. 우와 다섯 시간이나 걸었는데 아직 기시노사토 앞이라니. 그렇게 생각한 순간 온몸의 힘이 빠지고 말았네. 녀석도 시계를 바라보았지. 그러고 나서 이렇게 말했네.

"난 알고 있어."

"뭘?"

"오천 번 정도가 아니야. 오만 번, 오십만 번, 아니 더, 헤아릴 수 없을 만큼 나는 죽어왔어. 맹렬하게 살고 싶어진 순간 그걸 확실히 알 수 있지. 그 대신 죽고 싶을 때는 자신이 태어나기 전의 일은 전혀 생각나지 않아. 수십만 번이나 다시 태어난 것을 알 수 없게 되는 거지."

나는 한 번 더 자전거 짐받이에 올라타,

"부탁할게. 후쿠시마까지 데려다줘. 나는 이제 걸어서 돌아갈 기력이 없어. 하지만 만약 죽고 싶어지면 가르쳐줘. '죽고 싶어졌어!' 하고 말이야. 그러면 나는 짐받이에서 뛰어내릴 테니까."

기진맥진한 목소리로 말했네.

녀석은 소리를 내어 웃었지. 그 얼굴은 말이야, 아무리 봐도 머리 어딘가가 이상한 얼굴이 아니었어. 하지만 생각해보니, 겨울 한밤중에 생판 모르는 사람을 자전거에 태우고 후쿠시마까지 데려다준다고 하니까 별난 것은 확실한 거지. 아마 나는 데카당스décadance해진 걸 거네. 이런 괴상한 녀석을 상대하는 것도 괜찮다는 기분이 든 거지.

굉장한 속도로 달리기 시작했네. 5분도 안 되어,

"이봐, 죽고 싶어졌어."

하고 외쳤지. 나는 뛰어내렸네. 교차로 한복판에서 말이야. 내가 뛰어내렸더니 녀석은 교차로를 다 건넌 데서 자전거를 세우고 가만히 고개를 숙이고 있더군.

"살고 싶어질 때까지 나는 걸어갈게."

이렇게 말하고 나는 코트 주머니에 두 손을 찔러 넣고 여염집이 늘어서 있는 보도를 서둘러 걸었네. 녀석은 자전거에 걸터앉아 고개를 숙인 채 미동도 하지 않았지. 상당히 걸어가 녀석이 어둠 속에 안 보이게 될 때쯤 콩알 같은 빛이 점점 강해지며 다가왔네. 녀석의 자전거 라이트였지.

"이봐, 이젠 괜찮아. 타."

"정말이지? 무리하지 마. 너의 그 묘한 발작이 진정될 때까지 난 절대로 자전거에 타지 않을 거야."

"응. 굉장히 좋은 기분이야. 죽어도, 죽어도 다시 태어날 거야. 그것만 알면 이 세상에 무서울 게 하나도 없어. 타."

하나조노초 바로 앞까지 가는 동안 녀석이 몇 번이나 "죽고 싶어졌어!" 하고 소리쳤다고 생각하나? 열 번이나 스무 번 정도가 아니네. 나는 그때마다 자전거에서 필사적으로 뛰어내렸지. 잘못 뛰어내려 몇 번이나 굴렀는지 모른다네. 바람이 약해지는 것과 동시에 기온이 내려가더군. 내 몸은 얼음이었지만 마음속에는 탕파 같은 것이 생겼지. 그건 어쩌다가 기묘한 사람의 선의에 마음이 따뜻해졌다는 게 아니네. 녀석이 살고 싶어져서 눈빛을 빛내며, "죽어도, 죽어도 다시 태어날 거야" 하고 말하는 것을 듣다 보니 나까지 기뻐하게 되었지. 녀석이 그렇게 말할 때마다, "그런가, 그거 참 잘되었군" 하고 진심으로 맞장구를 쳤으니까.

하늘에 약간 파란 기가 돌고 드디어 하나조노초의 고가 하부 근처까지 왔지. 나는 자전거 짐받이에 타고 녀석에게 뒤에서 부탁했네.

"이봐, 이 부근은 성가신 놈들이 잔뜩 어슬렁거리니까 여기서만은 죽고 싶어지면 안 돼."

"그렇게 말해도 소용없어. 장소를 가리지 않으니까……."

있었네. 작업화를 신고 반으로 자른 담배를 귀에 끼운 놈들이. 자는 건지 죽은 건지 모르지만 몸 안에 신문지를 친친 둘러 감고 길가에 누워 있었지. 나는 빌었네. 녀석이 거기서 죽고 싶어지지 않게 해달라고. 남자 몇 명이 주택의 그늘이나 골목에서 나왔네. 볼이 홀쭉한 흙빛 얼굴의 사람들이었지.

"이봐, 좀 더 속도를 내."

내가 이렇게 말했을 때 자전거는 이미 남자 수십 명에게 둘러싸였네. 그렇게 빙 둘러싼 사람들을 보고 여기저기서 인상이 험한 수많은 사람들이 몰려들어,

"뭐야, 일인가?"라든가, "이봐, 이놈들 어디 놈이야?" 하고 말했지. 나는 정말 살아 있는 기분이 아니었네. 적게 잡아도 50명 정도인, 한시라도 빨리 일거리가 얻어걸리기를 바라는 사람들한테 둘러싸인 거지. 녀석은 몇몇 사람들한테 붙임성 있게 고개를 숙이며, "안녕하세요" 하고 인사했네. 그렇게 인

사하면 일자리를 가져온 사람처럼 보이는데 말이지. 그놈들은 앞을 다투어 자전거 핸들이나 안장에 매달렸네.

"필요한 게 한 사람인가, 두 사람인가?"

"내가 먼저요. 형씨, 이 사람들은 모두 낮까지도 버티지 못하는 몸이오. 제 시간까지 열심히 일할 수 있는 사람은 나뿐일 거요."

이제 틀렸다고 생각했지. 그냥 지나치는 사람이라는 걸 알게 된다면 그놈들은 우리를 가만두지 않을 테니까. 화가 나서 우리 두 사람에게 뭇매질을 할 게 뻔하거든. 하지만 도망치려고 해도 도망칠 수가 없었네. 아무튼 전후좌우에서 자전거를 붙들고 있었으니까.

"안녕하세요. 안녕하세요."

바보처럼 이렇게만 되풀이하던 녀석이 느닷없이 이렇게 말했네.

"다들 따라오쇼."

앞을 가로막고 두 손으로 핸들을 누르고 있던 앞니 빠진 남자가, "다들?" 하고 다시 물었네.

"다들이라니, 대체 어떤 일인가?"

"알았으니까 앞에서 비켜주지 않겠어? 다들 따라오면 돼.

다들 할 수 있는 일이니까."

남자는 길을 열라고 지시했지.

"늙은이도 상관없나?"

둘러싼 사람들 뒤쪽에서 이런 소리가 들려오더군.

"힘이 필요한 일이 아니니까 늙은이도 상관없소."

녀석은 모두에게 따라오라고 손짓하며 천천히 자전거 페달을 밟기 시작했네. 고가 하부를 지나 다이코쿠초로 가는 길을 느긋하게 나아갔지. 그 뒤에서 70명쯤으로 늘어난 노무자들이 제각각, "무슨 일이야?" "처음 보는 알선업자인데" 조그만 소리로 이런 말을 하며 따라왔지. 나는 녀석의 귀에 얼굴을 대고, "지금이야, 달려!" 하고 말했는데도 녀석은 자전거 속도를 올리지 않더군. 그 순간 생각했지. 녀석은 지금 어느 쪽 상태일까. 죽고 싶은 걸까, 살고 싶은 걸까, 대체 어느 쪽일까. 그래서 나는 수십 명의 시선을 등으로 느끼며, "이봐, 지금 죽고 싶은 거야? 살고 싶은 거야?" 하고 물었네. 그랬더니 녀석은, "어느 쪽도 아니야" 하고 대답하더군.

"그런 때도 있어?"

"아니, 3년 만이야. 3년 전까지는 어느 쪽이어도 좋았으니까."

나는 녀석의 등을 찌르며 뒤를 보라고 말했네.

"너, 이 사람들을 어떻게 할 생각이야? 얼른 도망치지 않으면 호된 꼴을 당할 거야."

"지금 도망치면 금방 붙잡힐 거야."

녀석이 말한 대로였지. 고가 하부를 지나도 상당히 앞쪽까지 알선업자의 차를 기다리는 사람들이 길 양쪽에서 몸을 웅크리고 서 있었으니까. 새벽의 얼어붙은 길을 행진하는, 집안도 내력도 모르는 사람들을 멍하니 보고 있었지. 그래, 그건 정말 행진이었네. 고가 상부를 달려가는 첫 전철 소리가 울렸지. 보도나 길 한가운데를 어슬렁거리는 사람들 수가 드물어지고 내리막길이 된 순간 녀석은 속도를 올렸네. 나는 녀석이 죽고 싶은 건지 살고 싶은 건지 그런 건 아무래도 좋았지.

"나도 같이 죽을게! 달려, 달려!"

이미 절규였지. 옆에서 나온 자동차가 급브레이크를 밟았네. 길 여기저기가 얼어붙어 있었으니까. 자동차는 미끄러져 교차로 모퉁이의 곱창구이집에 처박혔지. 노무자 몇 명이 따라왔네. 그중 두세 명이 돌을 던지더군. 돌을 던지다가 미끄러져 나동그라지는 모습이 보였네. 마구 달렸지. 자전거를 마구 달려 도망쳤어.

다이코쿠초의 구두 가게들이 늘어서 있는 거리를 달려 아직 네온사인이 켜져 있는 난바의 러브호텔 거리 옆을 지났고 미나토마치를 가로질러 요쓰바시스지에 들어설 때까지 녀석은 몇 번이나 "죽고 싶어졌어!"라고 소리쳤다고 생각하나? 그때마다 나는 녀석의 몸을 둘러 감은 팔에 힘을 주고, "걱정하지 마. 함께 죽어줄 테니까" 하고 대답했네. 후쿠시마구의 우리집 근처에 도착한 것은 직장인들이 하얀 김을 토해내며 서둘러 역으로 걸어가는 시간이었지.

나는 자전거에서 내려 녀석에게 고마웠다고 말했네. 녀석의 얇은 점퍼가 땀으로 흠뻑 젖어서 나는 그것을 억지로 벗기고 내 코트를 입혀주었지. 나는 하나조노초를 지나지 않아도 되는 길을 가르쳐주었는데, 녀석은 듣는지 마는지 알 수 없는 얼굴이었네. 아침 해를 받고 있는 녀석의 얼굴은 아무리 에누리해서 떠올려도 역시 성스럽다는 말 말고는 달리 표현할 방법이 없었지. 내 코트는 녀석에게 좀 작았지만 내가 송구스러울 만큼 정중하게 고맙다고 말하더군. 나는 뭔가 좀 더 해주고 싶었지만 단팥빵 하나 사줄 돈이 없었으니까. 녀석은 내게 손을 흔들며 10미터쯤 갔다가 다시 돌아왔네. 그리고 이렇게 묻더군.

"너는 내가 병들었다고 생각해?"

나는 대답할 수 없었네. 고개를 가로로도 세로로도 저을 수 없었지. 녀석은 언제까지고 내 말을 기다렸네. 어쩔 도리가 없어서 나는 역으로 질문했지.

"정말 지금까지 헤아릴 수 없을 만큼 죽어왔다고 생각해?"

나는 동정심으로 가득 찬 녀석의 눈을 평생 잊을 수 없을 거네. 녀석은 처음에 낙담하는 표정으로 나를 보며,

"왜 그걸 모르지?"

하고 말하고 나서 내 머리를 살짝 쓰다듬더군. 나는 사흘 후에 집을 비우고 어머니와 함께 요도가와구의 공동주택으로 이사했네.

이것이 아무한테도 말하지 않고 소중히 간직해둔 이야기야. 그렇게 이상한 표정을 짓지 말게. 시시한 이야기를 오랫동안 지껄였다고 생각하는 거지? 얼른 본론으로 들어가고 싶지? 일부러 오사카에서 내가 사는 도쿄의 주택 단지를 찾아내 찾아온 자네의 본심은 처음부터 알고 있었네. 그 라이터지? 그 던힐 오일라이터는 코트 주머니에 넣어둔 채였네. 하루에 오천 번이나 죽고 싶어지기도 하고 살고 싶어지기도 하는 빡빡이 머리의 녀석한테 입혀준 코트 주머니에 말이지.

알
코
올

형
제

"세상에는 전혀 통용되지 않네. 통용되지 않지만, 그래도 이게 내 생각이다, 하는 것이 역시 있지 않나? 그렇지?"

일본에서는 잘 알려진 오페라 가수라는 몸집이 큰 사내가 카운터 자리에 앉아 첫 한 구절을 노래하자 스낵바의 마담도 바텐더도 추종자들과 함께 박수를 쳤다. 시마다는 잘 돌아가지 않는 혀로,

"그렇지?"

하고 내게 대답을 요구하고 나서 곁눈으로 오페라 가수의 등을 보고,

"적어도 프로라면 마시러 온 술집에서 노래는 하지 말아야지. 바닥이 드러나는군."

하고 밉살스럽다는 듯이 중얼거리며 물이 많아진 술에 위

스키를 더 따랐다.

"오페라 가수가 왜 모닝쇼의 사회를 보는 거지?"

나는 웃음소리만으로 유리잔 안의 얼음이 서로 부딪칠 만큼의 성량에 감탄하며 시마다에게 말했다. 시마다는 조그마한 테이블 너머로 얼굴을 가까이 대며 속삭였다.

"일본에서는 오페라로 먹고 살 수 없잖아. 그래서 텔레비전에 나오는 연예인이 되어 돈을 버는 거지."

"이봐, 입사시험에 앞서 필기시험이 있었지? 그때 자넨 내 앞에 앉았었네. 기억하고 있나?"

나도 말투가 이상해진 것을 알아챘다. 시마다는 취하면 삼백안三白眼이 심해지는데, 고개를 숙이고 눈을 칩떠 나를 바라보는 눈동자에는 검은 부분이 거의 없었다. 시마다는 두 손을 들고 펴서,

"10년이네. 입사시험을 본 지 딱 10년이 되었어. 사이좋게 지낸 것은 첫 1년간뿐이고 그 이후로는 회사 복도에서 엇갈려도 시궁쥐나 바퀴벌레라도 본 것처럼 말도 안 붙였지. 하지만 나는 자네를 좋아했네, 자네를. 취해서 하는 말이 아니야. 자네만은 좋아했어. 정말이네."

하고 말했다. 그러고 나서 쑥스러운 듯 미소를 지었다.

"하지만 어쩔 수 없지 않나. 자네가 조합에 들어간 것을 알았던 날 동기로 입사한 열두 명은 상무에게 직접 불려 갔는데 부드럽게 웃는 얼굴로 점심 식사에 초대했거든. 하마야의 2층 객실에서야. 가봤더니 각 부장이 줄을 지어 앉아 있더군. 금세 알았지. 시마다를 따라 조합에 들어가면 도움이 안 될 거라는 걸 간접적으로 차분하게 못박아두자는…… 아무튼 정사원이 된 지 반년밖에 안 되었으니까 우리는 착실하게 있을 수밖에 없었네. 조합원과 함께 차만 마셔도 무슨 이야기를 했느냐고 꼬치꼬치 캐묻고, 어설픈 짓을 해서 히로시마 지사로 좌천이라도 당해보라고. 그걸로 끝이니까. 자네한테는 미안하다고 생각하지만 그렇게 할 수밖에 없었다네."

알고 있네, 알고 있어. 시마다는 눈물을 글썽이며 내 어깨를 몇 번이나 두드렸다. 좀 진한 듯한 물 탄 술을 단숨에 마시고 손등으로 입술을 닦고는 고개를 숙인 채 깊이 한숨을 내쉬었다.

"자네한테만 하는 비밀 얘긴데."

그는 이렇게 말하고 나서,

"자네한테만 한 비밀 얘기가 자네한테서 끝난 적은 없지만."

하고 코웃음을 쳤다.

"그럼 그만두게. 그런 말은 불쾌하니까. 여기서 자네하고 이야기하는 사람은 나뿐이네. 비밀 이야기가 나한테서 끝나지 않는다고 생각한다는 건 내가 누군가한테 떠벌린다는 거 아닌가. 나도 공산당에서 10년이나 훈련받아온 사람의 비밀 이야기는 믿을 수 없네."

그러나 시마다는 내 말을 무시하고 계속했다.

"나는 공산주의 같은 건 믿지 않네. 조합에 들어갔을 때도, 그로부터 10년이 지난 지금도 마찬가지야. 내가 서둘러 조합에 들어간 것은 다음 인사이동 때 히로시마 지사로 보내진다는 걸 부장이 귀띔해주었기 때문이네. 어머니와 둘뿐인데 어머니는 류머티즘으로 누웠다 일어났다 하는 상태였지. 어머니를 도쿄에 혼자 놔두고 갈 수도, 모시고 갈 수도 없었네. 부장한테 그렇게 얘기했더니 뭐라고 했을 것 같나? '우리 회사는 성적이 엄청나게 좋거나 강력한 연줄이 있지 않는 한 한부모를 둔 사람은 채용하지 않는 방침이라네. 자네는 뛰어나게 성적이 좋은 건 아니었지. 그런 자네가 왜 채용되었는지 생각해보게……' 아무리 생각해도 모르겠더군. 처음부터 히로시마 지사에서 근무할 사람으로 채용한 거라면 일부러 한부모를 둔 나를 채용하지 않아도 되지 않았겠나. 그러다가 곧 알게 되었지. 히라마쓰 씨였네. 그 무렵에는 아직 조합의 부서기장이었지. 히라마쓰 씨는 대학 선배이고 집도 가까웠으니까 회사가 끝나면 함께 술을 마시러 가기도 하고 휴일에는 집으로 놀러 가기도 했네. 회사는 그걸 알고 조급하게 굴었던 거지. '시마다 그 녀석, 히라마쓰한테 완전히 세뇌당했어. 그렇다면 공산계 조합에 들어가기 전에 히로시마로 보내버려.' 이렇게 생각했을 게 뻔하지. 난 그걸 히라마쓰 씨한테 말했네. 히라마쓰 씨는 히로시마 지사에 가지 않아도 되도록 해주겠다고 약속했지. 65명의 조합원이 단호하게 싸워주겠다고 말이야. 나는 공산주의 같은 건 아주 싫어하네. 하지만 어머니를 모시고 히로시마 지사로 갈 수는 없었으니까 어쩔 수 없이 조합에 들어갔지. 그게 사실이라네."

오페라 가수와 그의 추종자들이 엔카演歌*를 합창하며 가게에서 나갔다.

"올 때마다 색지에 사인을 해주겠다고 한다니까. 이걸로 일곱 장째야. 똑같은 색지를 일곱 장이나 받아서 뭐한다고."

스낵바의 마담은 색지 일곱 장을 카운터에 늘어놓고,

---

* 일본 특유의 감성이나 정서로 주로 이별과 사랑을 노래하는 음악 장르.

"사인은 누가 부탁하면 해주는 거잖아. 자기가 잘난 척하며 써주겠다는 저런 성격은 참을 수가 없다니까. 자기가 무슨 대단한 사람이라도 되는 것처럼 말이야."

하고 젊은 바텐더에게 말했다.

"나한테 한 장 주시오. 아내한테 선물로 주게."

내가 일어나 카운터에 기대고 글자가 아니라 단순히 굵은 곡선이 엉켜 있을 뿐인 사인을 열심히 들여다보고 있으니,

"나한테도 한 장 주시오. 혹시 만 엔에 사겠다는 바보가 있을지도 모르니까."

하고 말한 시마다는 색지 한 장을 손에 들고 화장실로 갔다. 나는 손목시계를 보았다. 9시가 조금 지나 있었다. 전화를 해야 했지만 그 전에 시마다에게 말해두고 싶은 것이 있어 전화 앞으로 가다가 그만두었다. 물 내리는 소리가 들리고 시마다가 색지를 팔랑팔랑 흔들며 자리로 돌아왔다. 마담이 담배를 입에 문 채,

"신경도 못 쓰고 내버려둬서 죄송해요."

하고 말을 해왔다. 나는 가볍게 손을 저으며,

"아니, 오늘은 쌓인 이야기가 아주 많아서 내버려두는 게 나아요."

하고 대답했다.

"괜찮아요? 혀가 잘 안 돌아가네요. 별일이네, 이렇게 취하다니."

새로운 손님이 들어왔기 때문에 작은 술집은 다시 떠들썩해졌다.

"내가 자네였어도 역시 조합에 들어갔겠지. 공산주의도 자본주의도 관계없이 말이야."

그러자 시마다는,

"그렇다니까. 다시 말해 나는 인간의 행복에 대해 나만의 생각이 있다는 걸 말하고 싶었네."

하고 갑자기 열띤 어조로 말했다.

"그럼 어디 들어보지. 자네의 그……."

"세상에는 전혀 통용되지 않는……."

"그래. 그 통용되지는 않지만, 그래도 이게 내 생각이라는 것, 어디 그걸 한번 들어보자고."

"공산주의의 모순도, 자본주의의 모순도 귀착점은 같다네."

나는 시마다의 말마따나 몇 년이나 그와 그의 동료들을 시궁쥐나 바퀴벌레 보듯 싫어했다. 도쿄에서 나고 자랐는데 아무리 봐도 시골뜨기로만 보이는, 그런데도 기지가 풍부한 시마다의 입사 직후의 모습을 떠올렸다.

"주의가 세계를 평화롭게 한 적이 있었나? 평화주의, 자유주의. 거기에 어떤 실제적인 이론과 방법이 있나? 없네. 다 그림의 떡이지. 며느리와 시어머니의 문제를 이데올로기가 해결할 수 있나? 그런 것조차 해결하지 못하고 뭐가 주의고 뭐가철학이냐, 그 말이네."

나도 잔에 위스키를 따라 단숨에 마셨다. 자기 집이 있는데도 공동주택의 한 집을 빌려 살고 있는 어머니가 마음에 어른거렸다.

"나도 솔직히 말하겠네. 어머니가 돌아가셔준다면 집이 평화로워질 텐데, 하고 생각한 적이 몇 번이나 있었지. 마누라도왜 어머니를 이기려고만 드는지. 어머니도 그래. 이제 어쩔 도리가 없네. 집에 들어가고 싶지 않았지."

하고 내가 말했다.

"그거네."

시마다는 갑자기 내 얼굴에 집게손가락을 들이댔다. 손가락은 두 개로도 세 개로도 보였다.

"상냥해지면 되는 거네. 상냥하게, 상냥하게. 사람이 모두상냥해지면 그걸로 되는 거지. 그렇게 된다면 세상의 어려운 문제 같은 건 다 해결될 걸세."

나는 무릎을 다시 꼬고 한숨을 쉰 다음 눈을 감았다. 그러고는,

"어떻게 사람들이 전부 상냥해지겠나."

하고 말했다.

"그건 불가능하다, 자네, 지금 그렇게 생각하지?"

"그럼. 당연하잖나."

"그런데 나는 불가능하지 않다고 생각하네. 그것 이외에 해결책은 없으니까. 이런 말을 조합원들한테 해보게. 규탄을 당하겠지. 반동분자, 기회주의자, 힘든 싸움에서 도망치려는 겁쟁이라고. 조합만이 아니야. 세상 사람들도 그렇다네. 코웃음을 치며 바보라고 할 걸세. 어린애 같은 소리 하지 말라고. 하지만 누가 아무리 바보 취급을 해도 이것은 굽힐 수 없는 내 생각이라네."

그러고 보니 입사 동기들 중에서 시마다가 가장 상냥한 얼굴을 하고 있지 않았던가. 나는 전 세계 사람들이 모두 상냥해지는 광경을 상상했다. 나는 시마다에게 오른손을 내밀고,

"나는 자네를 좋아했네."

하며 시마다의 손을 세게 쥐고는 말을 이었다.

"그래. 다들 상냥해지면 되는 거네. 간단하지. 자네 생각이 옳아. 나만은 지지하네."

"남을 위하는 체하면서 제 잇속만 차리는 건 아니고?"

"그건 아니야."

시마다는 두 손으로 내 오른손을 감싸고 아래위로 심하게 흔들었다.

"자네가 방금 전 세계 사람들이 모두 상냥해진 장면을 공상하고 내 생각이 옳다고 진심으로 생각해주었다는 것은 알았네."

"맞아. 나는 정말 방금 그 상상을 했다네. 어떻게 알았나?"

"알지."

시마다는 손을 놓고 얼마간 가슴을 펴는 동작을 하며 웃고는 다시 화장실에 갔다. 시마다가 돌아올 때까지 나는 계속 전화기를 쳐다보고 있었다. 시마다는 화장실에서 카운터를 따라 돌아오며 자랑스럽게,

"상냥해지자, 상냥해지자고 노력하는 나는 남의 마음을 정확히 읽을 수 있어."

하고 말했다. 시마다는 지저분한 카펫에 엉덩방아를 찧었다.

"같이 오신 분, 이제 슬슬 택시에 태워 보내는 것이 좋지 않아요?"

카운터의 손님과 주사위 놀이를 하고 있던 손을 멈추고 마담이 말했다. 시마다는 비틀거리며 일어나 엉덩방아를 찧은 곳을 걷어차며 말했다,

"의자가 있었어, 여기에. 그런데 앉았더니 없더군. 술에 취한 게 아니야."

실례했습니다, 하고 마담이 새된 목소리로 말하고 손님이 나를 보며 웃었다. 나는 수십 년이나 소식을 알 수 없었던 친구와 재회한 듯한 마음이 들었다. 술 탓이 아니었다. 가슴속에서 중얼거렸다.

"어? 지금 누가 말했나?"

시마다가 이렇게 묻자 나는 생각한 것을 솔직히 말했다.

"나도 같은 기분일세. 내가 조합원이 되고 나서 말을 걸어준 적이 없었으니까."

시마다의 고개는 안정감이 없어져 전철 좌석에서 졸고 있는 사람처럼 이따금 전후좌우로 꺾였다. 나는 한쪽 팔꿈치를 괸 손으로 얼굴 오른쪽을 받치고 말했다.

"자네한테만 하는 이야긴데 5년 전에 제2조합을 만들자는 이야기가 있었어. 집행위원장은 아사다, 서기장은 니시우라가 한다는 청사진이 만들어졌지. 공산계 조합의 배 이상의 조합

원을 3개월 안에 편성하라는 거야. 상무의 진두지휘로 아사다 씨도 니시우라 씨도 기를 썼지. 나도 권유를 받았네. 나는 아사다 씨한테 말해줬지. 어용 조합 만들기에 성공하면 아사다 씨는 정말 미래가 창창하겠네요, 하고 말이야. 녀석도 너구리처럼 교활한 놈이라 쉽사리 속셈을 드러내지 않더군. 민간 기업에서 공산당원의 전략이라든가 목적을 가르쳐주며 회사를 위해 힘을 빌려달라고 하더라니까. 속이 빤히 들여다보이는 미끼를 슬쩍 비치면서 말이지. 모두가 조합원이 된다면 나도 되겠다고 대답했는데, 상무가 덜컥 죽어서 공중분해되고 말았네."

"그 상무는 노무관리를 위해 신문사에서 들여보낸 사람이니까 말이야. 그런 계획을 놈들이 어디 음식점에서 의논한 다음 날 이미 우리는 알고 있었다네. 아사다나 니시우라가 제2조합 같은 걸 만들 수 있을 리 없지. 우리 회사가 신문사의 직속 광고대행사라고 해도 어차피 작은 회사야. 사원수는 230명이지. 우리 조합원은 75명으로 늘었으니까 그 배라고 해봐야 150명이야. 지사의 여사무원까지 다 긁어모은다고 해도 150명의 제2조합을 만들 수 있을 리가 없어."

나는 웃었다. 시마다도 웃었다. 웃으면서 나는,

"그러나 자네 쪽에서도 이런 수 저런 수를 다 써서 주저앉지 않고 조직하잖나. 당원을 늘리기 위해서라면 혼기가 지난 호박하고도 결혼해서 마누라를 활동적인 투사로 만들어내니까 절로 고개가 숙여지네."

하고 말했다.

"나도 그중 하나네. 호박하고 결혼해서 칭찬받았지. 하지만 신기하더란 말이야. 살다 보니 부부가 되었거든. 신기해. 아내로서 애정을 느끼게 되더라 그 말이야. 사람이란 참 이상한 존재야."

시마다는 불쑥 일어나 주사위 놀이를 하고 있는 손님 뒤에서 주사위를 들여다보았다. 그러다가 초면인 손님과 말을 섞고 어느새 함께 주사위를 던지기 시작했다. 나는 벽에 몸을 기대고 공연히 담배만 피웠다.

"아싸! 플러스 4,500점이야."

시마다가 큰 소리로 손뼉을 쳤고 손님 한 사람이,

"난데없이 지겨운 도박꾼이 나타났군."

하고 말했다. 나는 미소를 지으며 마담에게 눈짓을 하고 슬며시 가게에서 나갔다. 골목을 비틀거리는 걸음으로 걷고 있으니 시마다가 쫓아왔다.

"뭐야? 자네가 술값을 달아놓았다고? 웃기고 있어. 오늘은 내가 내. 절대로 오늘은 내가 낸다고."

이렇게 말하고 일단 술집으로 들어갔다가 곧바로 다시 나와서 말없이 손을 내밀었다. 나는 세게 맞잡아주었다. 떨어져 있는 전단지가 봄바람에 내 다리에 휘감겼다.

"친구 사이로 돌아가지 않겠나?"

내가 이렇게 말하자 시마다는,

"나는 계속 친구였네. 말을 하지 않은 건 자네였어."

하며 눈물을 글썽였다.

시마다와 헤어지고 지하철 역에서 공중전화 다이얼을 돌렸다. 전화를 받은 동료는 사원 몇 명의 이름을 들었다.

"틀림없겠지? 서명과 도장은 제대로 받았지?"

동료는 걱정하지 말라며 이제 정확히 130명이 되었다고 전해주었다. 나는 전화를 끊고 플랫폼으로 들어온 전철에 올랐다. 동료들은 이제 철야를 하며 제2조합을 결성한다는 전단지를 만들고 그 취지서 작성에 들어갈 것이다. 공산계의 조합은 당 자체의 침체로 인해 61명으로 줄어들어 있었다. 새로 취임한 상무는 이전 상무보다 노무관리, 특히 조합 파괴의 프로였다. 나는 1년 전 상무의 명령을 받아 한 번 실패한 제2조합 만들기를 비밀리에 진행해왔다. 내 역할은 거의 끝났고, 내일부

터 2년간 제2조합의 위원장을 맡기만 하면 된다. 춘투春鬪* 때
와 1년에 두 번인 보너스가 나올 때만 조합원들에게 아주 사소
한 거짓말을 하면 되는 것이다. 3년 후 나는 영업1부 부장으로
승진하기로 약속되어 있다.

집에 도착할 때까지 나는 "상냥하게. 상냥해지면 돼" 하고
계속 중얼거렸다. 얼른 술이 깼으면 싶었다. 역에 도착하여 개
찰구를 빠져나가 건널목을 건너다가 문득 어머니가 보고 싶었
다. 어머니는 우리 부부가 사는 곳에서 한 역 떨어진 곳에 살
고 있었다. 꽤 오랫동안 망설이고 나서 나는 결국 집으로 돌아
갔다.

이튿날 아침, 나는 평소보다 한 시간 빨리 출근했다. 집행
부는 모두 그렇게 하기로 의논해두었던 것이다. 그러나 회사
건물 앞에는 붉은 깃발이 수십 개 늘어서 있고 배두렁이를 두
른 공산계 조합원들이 팻말을 들고 있었다.

"어용 조합의 개!"

시마다가 확성기를 입에 대고 절규했다. 그것에 호응하여
"어용 조합의 개!"라고 조합원들이 함성을 질렀다. 나는 억지

---

* 해마다 봄철에 임금 인상, 노동 시간 단축 등을 요구하며 일어나는 노동 투쟁.

로 팻말 안으로 비집고 들어가 회사의 현관을 열려고 했지만 몇 명에게 목덜미가 잡혀 당겨지는 바람에 넘어지고 말았다.

"뭘 그렇게 꾸물대고 있는 거야. 우격다짐이라도 좋으니까 들어가."

승강이를 벌이고 있는 집행부원들에게 내가 소리쳤다. 내 말에 집행부원들이 현관으로 돌입했다. 붉은 깃발의 손잡이로 엉덩이와 등이 찔렸지만 나는 성난 소리를 향해 힘껏 몸을 부딪치며 현관을 빠져나가 계단을 달려 올라갔다. 우리 것이 아닌 전단지가 사무실 벽이라는 벽에는 모두 붙어 있고, 책상 위에는 등사판 소책자가 배포되어 있었다. 우리의 전단지와 취지서를 붙일 장소는 어디에도 없었다.

"상관없으니까 저놈들 전단지를 떼어내. 책임은 내가 질 테니까."

나는 선수를 당해 어리둥절하고 있는 집행부원에게 이렇게 말했다. 그리고 소책자를 집어 들어 표지를 넘겼다. 내 이름과 상무의 이름이 큼직한 하트 모양의 선 안에 있고 '일하는 자의 권리를 뺏는 자와 그들에게 놀아난 출세욕 덩어리와의 비열한 결혼'이라고 쓰여 있었다.

"어용 조합의 개가 전단지를 뗐다!"

시마다가 확성기를 내 귓가에 대고 소리쳤다. 나는 시마다의 확성기를 손으로 뿌리치고 오늘부터 새로운 조합의 집행부실이 된 자료실로 달려갔다. 복도에서 나이 든 수위가 나를 보자마자 말했다.

"어젯밤 10시였습니다. 10시부터 전단지를 붙이기 시작했지요. 저는 아코赤穗 낭사의 습격*이 아닌가 싶었습니다."

---

* 1701년 아코의 번주(藩主)였던 아사노 나가노리(浅野長矩)가 치욕을 당했다는 이유로 막부의 수석 의전관인 기라 고즈케노스케(吉良上野介)를 칼로 찌른 사건이 일어난다. 쇼군의 거처인 성내에서 이런 사건이 벌어지자 막부는 아사노에게 할복과 영지 몰수라는 벌을 내린다. 주군의 돌발적인 행동은 결국 번의 몰락을 가져왔고 그에 따라 아코번의 가신들은 낭인 신세가 되고 만다. 이에 가신들은 주군의 복수를 꾀한다. 아코의 사무라이들 중 47명의 사무라이들이 이 복수극에 가담하여 1년 10개월 후인 1702년 12월 14일 새벽 기라의 집으로 쳐들어가 그의 목을 자르고 주군의 원수를 갚는다. 그들은 곧 막부에 자수하고, 막부는 50일 후 아코의 사무라이들 모두에게 할복 명령을 내린다. 이 사건을 바탕으로 〈주신구라(忠臣蔵)〉라는 가부키 작품 등이 만들어졌다.

복수

수업이 벌써 시작되었는데도 우리 세 명은 유도 도장의 한복판에 무릎을 꿇고 앉아 있어야 했다.

쓰가와의 코피는 멈췄지만 콧구멍이나 입술, 턱, 가슴까지 흘러내려 마르고 있는 피를 닦는 것도 허락되지 않아 흙빛 얼굴에서 주근깨만 빨갰다.

미쓰오카는 오른쪽 뺨이 부었는데 세 손가락 자국이 지렁이처럼 길게 부어올라 있었다. 맞지 않은 것은 나뿐이었지만, 허리후리기로 연거푸 다섯 번이나 도장에 내동댕이쳐져 허리가 빠진 듯했고 무릎을 꿇고 있어도 상반신의 떨림을 멈출 수가 없었다.

체육 교사이며 유도부 감독이기도 한 가미사카는 팥색 트레이닝복을 입고 우리 앞을 왔다 갔다 하며,

"내일 아침까지 무릎을 꿇고 있어. 조금이라도 발을 움직이면 눈알이 찌부러지든가 고막이 터지든가 이가 다 빠지든가 할 테니까 말이야."

하고 말했다. 말뿐인 협박이 아니라는 것을 나는 충분히 알고 있었다. 나는 울음이 나올 것 같았지만 떨면서 참았다.

"도장에 멋대로 들어오면 안 된다는 것은 입구에 떡하니 쓰여 있잖아. 그걸 알면서 이 신성한 메이토쿠칸에서 프로레슬링 놀이를 하다니, 그건 나를 깔보는 증거야."

가미사카는 짧은 다리로 도구실로 가서 50킬로그램 바벨을 한 손으로 들고 와 비닐을 깐 바닥에 천천히 놓았다. 그의 상반신은 뒤틀린 나무의 거대한 뿌리 같았다. 간사이 지방에서 늘 유명한 유도 선수를 배출하는 대학 출신으로, 리그전에서는 4년간 선봉에 서는 역할을 맡아왔다. 두툼한 입술에 부리부리한 눈의 얼굴은 야무진 데라고는 찾아볼 수가 없어 우리는 뒤에서 그를 '바보탱크'라고 불렀다. 가미사카는 바벨의 바에 앉아,

"이제 발가락에 피가 안 통할 거야. 앞으로 두 시간만 있으면 발가락이 썩기 시작하고 다섯 시간이 지나면 발등의 피부가 썩어서 벗겨지겠지."

하고 말했다. 40분 가까이 계속 꿇어앉아 있는 내 두 발에서는 무릎을 꿇고 있는 탓인지 아니면 공포 탓인지 이미 썩기 시작한 듯한 감촉이 느껴졌다. 가미사카는 트레이닝복의 뒷주머니에서 꾸깃꾸깃해진 담뱃갑과 포르노 사진을 꺼내 우리 앞에 내던지며,

"담배는 미쓰오카, 이 지린내 나는 사진은 쓰가와. 틀림없지?"

하고 확인했다. 쓰가와도 미쓰오카도 힘없이 고개를 끄덕였다. 가미사카는 나를 보고 두툼한 입술을 일그러뜨리며,

"너도 책임이 있어. 세 사람은 친구니까. 너도 담배를 피웠지? 예, 피웠습니다, 하고 솔직하게 말하지 않으면 지금부터 너한테만 특별히 유도를 가르쳐줘도 좋아."

하고 말하며 일어섰다. 나는 곧바로,

"예, 피웠습니다."

하고 소리 높여 대답했다.

"움직이지 마!"

전후좌우로 휘청거리고 있는 내게 고함을 지른 가미사카는 다시 바벨의 바에 걸터앉았다.

"내 방식이 마음에 들지 않으면 부모한테 말해서 경찰에 신

고해도 좋은데, 그러면 너희들도 이 학교를 그만둬야 할 거야."

가미사카는 낮게 웃었다. 우리 학교는 남자 사립 고등학교로, 여름방학 중에 교장이 바뀌었다. 2학기가 시작되자 아무튼 문제가 많은 학생을 인정사정없이 퇴학시켰다. 미쓰오카는 싸움도 잘했지만 성적도 좋아 국립대학을 목표로 하고 있었다. 그리고 나는 가미사카의 표적이 미쓰오카라는 것을 알고 있었다. 신학기가 시작된 직후 미쓰오카는 유도부의 주장과 싸움을 했는데, 운동장 구석에서 큰 원을 그리며 떠들어대는 백 수십 명의 학생들 앞에서 그 녀석을 일어날 수 없게 만든 것이다.

가미사카의 부리부리한 눈이 미쓰오카를 응시했다.

"야, 미쓰오카. 나한테 이기면 도장에서 나가도 좋아. 애들 데리고."

나와 쓰가와는 슬쩍 곁눈으로 서로를 보고는 미쓰오카가 어떻게 할지 숨을 죽이고 엿보고 있었다. 미쓰오카의 눈이 충혈되었다. 그러나 그는 무릎을 꿇은 채 끝내 말이 없었다.

두 시간 후 각각 뺨을 한 대씩 맞고 나서 우리는 해방되었다. 내 귀 안쪽에서 금속음이 들리기 시작하더니 언제까지고 사라지지 않았다. 담임교사는 방과 후 우리 세 명을 교무실로 불러 수업을 빠지고 세 시간이나 어디에 갔었느냐고 캐물었다. 하지만 우리는 메이토쿠칸에서의 사건을 숨기고, 점심시간에 놀다가 싸움을 했으며 옥상에서 부어오른 것을 가라앉히고 있었다고 말했다. 쓰가와의 코, 게다가 나와 미쓰오카의 부온 뺨으로 인해 우리는 집요한 질책만 받고 넘어갈 수 있었다. 우리가 야단을 맞고 있는 동안 가미사카는 가까운 자기 자리에서 몇 번이나,

"아, 몸이 둔해져서 못 견디겠어."

하고 들으라는 듯이 말했다.

해 질 녘의 역으로 가는 도중에,

"나는 기필코 그놈을 죽여버릴 거야."

하고 미쓰오카는 술주정뱅이 같은 눈을 땅바닥에 떨어뜨리고 말했다.

"그놈은 야쿠자야. 학교 선생이 아니라고. 나는 그놈을 죽여버릴 거야."

"바보야! 오히려 당할 거야. 봤지? 한 손으로 50킬로그램짜리 바벨을 들어 올리잖아."

이렇게 말한 쓰가와는 코를 손수건으로 가리고 한숨을 내쉬었다. 나는 아직도 저리는 허리에 손을 대고,

"난 정말 다리가 썩는 줄 알았어. 너희들이 담배와 포르노

사진을 호주머니 같은 데에 넣어두니까 그놈 좋을 대로 당한 거잖아. 여름방학이 끝나고 나서 벌써 여섯 명이나 퇴학당했어. 그놈도 지나치다고 생각하니까 담배하고 포르노 사진을 늘어놓고 비긴 것으로 하려는 거라고."

하고 말했다. 나와 쓰가와가 전철을 타도 미쓰오카는 벤치에 앉아 움직이지 않았다.

나도 그로부터 이삼일은 견딜 수 없이 분해서 머리가 텅 빈 그 체육 교사에게 죽고 싶을 만큼의 굴욕을 맛보게 해주고 싶었다. 하지만 날이 지남에 따라 그것은 고교 시절의 묘하게 우스꽝스러운 추억으로 사라지지 않는 기억 속에 새겨졌다. 하지만 한 달 후 미쓰오카와 쓰가와는 수업 중에 생활지도 담당 교사에게 불려 나간 후 다시는 돌아오지 않았다.

대학을 졸업하고 오사카에 본사를 둔 제약회사에 취직한 나는 겨울 보너스를 받은 다음 날 늦게까지 잔업을 하고 무거운 발걸음으로 회사를 나섰다. 회사에 다닌 지 3년이 되었다. 보너스를 몽땅 털어도 다 갚을 수 없는 빚이 경마 거래소에 쌓여 있었다.

국철 오사카 역의 중앙 출입구에서 누가 불러 멈춰 섰다.

빛의 반사에 따라 달리 보이는 갈색의 일본식 코트를 입고 하얀 버선에 새 조리를 신은 남자가,

"오랜만이다."

하고 엷은 웃음을 띠며 말했다. 야쿠자 영화에도 머리끝에서 발끝까지 이 정도로 공들인 야쿠자는 나오지 않을 거라고 여길 만한 풍채였다. 앞뒤에는 부하인 듯한 남자가 두 명씩 서 있었다.

나는 틀림없이 거래소의 두목일 거라 생각하여 겁을 먹고 뒤로 물러섰다.

"나야, 나. 미쓰오카야."

일본식 코트의 소맷부리에 두 손을 찔러 넣어 팔짱을 긴 남자가 말했다.

"미쓰오카……?"

"이 자식, 야박한 놈이군. 자기만 고등학교를 졸업하고 대학을 나와서 지금은 일류 회사의 엘리트라니."

분명히 미쓰오카였다. 나는 그가 교실에서 나간 이후 한 번도 보지 못했다.

"이렇게 늦은 시간까지 일이냐? 고생이 많다."

나는 살짝 미쓰오카에게 걸어가,

"오랜만이다. 잘 지냈어?"

하고 중얼거린 후 반가움과 안도감에 무심코,

"온몸이 야쿠자 같은 느낌이구나."

하고 말해버렸다. 말하고 나서 아뿔싸 했지만 미쓰오카는 대범하게 미소를 짓고, 혀를 차며 눈을 부라리는 부하를 나무라고는,

"지금 무슨 일이라도 있냐? 없다면 내가 한잔 살게."

하고 권했다. 나는 너무 빛나는 구두와 더블 양복 차림의 부하들을 흘끗 보고 나서,

"특별히 이렇다 할 일은 없는데……."

하고 애매모호한 대답을 했다. 미쓰오카는 다시 희미하게 웃었다. 그리고 부하들에게,

"너희들 먼저 돌아가. 건실한 사람은 너희 같은 애들이 옆에 있으면 안심하고 마실 수가 없어. 운전수만 남기고 돌아가."

하며 개를 쫓듯이 말했다. 흰색 링컨이 중앙 출입구 앞에 세워져 있었는데 운전사를 겸한 부하가 미쓰오카의 모습을 보자 재빨리 뒷문을 열었다. 문이 닫히자마자,

"그럼 먼저 실례하겠습니다."

하고 다른 부하들은 제각각 고개를 숙여 인사하고 택시 승

강장 쪽으로 사라졌다.

"율리시스로 갈까. 오랫동안 얼굴을 내밀지 않았지."

"오늘은 마루초 씨가 와 있다고 합니다."

"마루초라……. 그 뒈질 놈하고 얼굴을 마주할 필요는 없지."

"그 세 사람, 오늘 밤 기다리라고 해두었습니다. 어떻게 할까요?"

"세 사람……? 아, 그랬지. 어디지?"

운전수는 새끼손가락을 내밀었다.

"좋아. 어쩔 수 없지. 가자."

나는 미쓰오카와 부하인 운전수의 대화를 듣다 보니 차에서 내리고 싶어졌다. 하지만 흰색 링컨은 신미도스지에서 미도스지로 들어서 이미 혼마치 근처까지 와 있었다.

"사쿠라바시 교차로에서 나가이 너하고 아주 비슷한 녀석이 서 있어서 한동안 차를 네 보조에 맞춰서 가라고 했어. 눈치 못 챘어?"

미쓰오카는 내 어깨에 팔을 둘렀다. 나는 눈치채지 못했다고 대답하고는,

"쓰가와는 어떻게 지내?"

하고 물었다. 달리 화제가 없었기 때문이다. 내가 가장 알

고 싶은 것은 표구점의 차남인 미쓰오카가 고등학교에서 퇴학당한 뒤 어떤 길을 거쳐 이 세계에 들어왔고 아직 스물다섯 살이라는 젊은 나이에 흰색 링컨의 뒷자리에 몸을 뒤로 젖히고 앉아 여러 명의 부하를 거느리는 지위를 얻었을까 하는 것이었다. 하지만 그것을 물으려면 상당한 용기가 필요했다. 나는 쓸데없는 일은 건드리지 않겠다고 결심했다.

"다니마치에서 곱창구이집을 하고 있어. 아버지 일을 물려받은 거지."

그러고 나서 미쓰오카는 내게 담배를 권하며,

"쓰가와의 원한은 사라지지 않았어. 그때 바보탱크를 죽여버리겠다고 한 것은 나였지만, 지금은 쓰가와가 만날 때마다 나한테 그렇게 말하거든."

하고 속삭였다.

"쓰가와는 너도 원망했어. 우리가 퇴학당하고 나서 전화 한 통 걸지 않았으니까. 셋은 늘 한패였는데 말이지."

"그 뒤에 담임이 불러서 쓰가와나 미쓰오카와 어울리면 나도 곧 퇴학시킬 거라고 했거든."

미쓰오카는 몇 번이고 작게 고개를 끄덕이며,

"그렇구나. 역시. 퇴학을 당하면 대학에 갈 수 없을 테고."

하고 말했다. 나는 전혀 다른 세계의 사람이 되어버린 미쓰오카의 마음을 읽을 수가 없었다. 말려들까 봐 두려워 어울리는 것을 뚝 끊어버린 나를 미쓰오카는 그가 몸담은 세계의 방식으로 앙갚음하려는 건 아닐까 하는 생각까지 들었다.

"나가이, 너 결혼은 했어?"

"아니, 총각이야. 그럴 상황도 아니고."

나는 이렇게만 대답했다. 그리고 어떻게든 거래소의 빚을 갚아야 한다고 생각하니 손바닥에 땀이 뱄다.

눈에 띄는 외제차는 신사이바시스지의 혼잡한 사람들에게 경적을 울리며 소우에몬초스지로 들어서 일방통행의 환락가를 왼쪽으로 돌기도 하고 오른쪽으로 돌기도 하며 '페리온'이라는 클럽 앞에서 멈췄다. 현관에 서 있던 젊은 남자가 서둘러 자동차의 문을 열었다. 입구는 둘이었다. 첫 번째 문으로 들어서자 접수대와 휴대품 보관소가 있었다. 미쓰오카는 일본식 코트를 벗어 담당자인 나비넥타이를 맨 남자에게 건네고 더 안쪽의 문을 빼꼼히 열고 가게 안을 들여다보았다. 나도 나비넥타이 남자에게 코트와 목도리를 맡기고 살짝 보이는 가게 안으로 시선을 돌렸다. 손님의 얼굴이나 태도에서 추측해볼 때 수상쩍은 클럽이 아니라 손님의 질이 좋은 고급 클럽이라는 것을 알 수 있었다. 미쓰오카는 가게 안으로 들어가지 않고 그대로 문을 닫고 휴대품 보관소 옆의 초록색 커튼을 열었다. 깨끗하게 청소된 카펫이 계단에도 깔려 있었다.

"위도 가게인데 좀처럼 쓰지 않아."

이렇게 말한 미쓰오카는 계단을 올라갔다. 불안한 마음으로 나도 뒤를 따라갔다. 2층의 묵직한 나무 문 너머에도 카운터가 있고 양주병이 늘어서 있었다. 그것만 없으면 우리 회사 사장실과 비슷했다. 큼직한 화병에 꽃이 꽂혀 있고 그 옆에 길쭉하고 편해 보이는 소파가 놓여 있었다.

"마음 편히 있어. 내 가게니까."

미쓰오카는 이렇게 말하고 스카치 병과 잔을 직접 날라 왔다. 고등학교 시절 친한 친구 아닌가. 문득 나는 그렇게 생각하고,

"마음 편히 있을 수 없잖아. 나는 일반 서민이야. 한시라도 빨리 돌아가고 싶어. 너는, 그러니까 야쿠자가 되어버렸고. 사는 세계가 달라."

하고 솔직한 마음을 전했다.

"그건 그렇겠지."

미쓰오카는 내 잔에 스카치를 따르고 가늘고 긴 눈 속의

눈동자로 힐끗 나를 쳐다봤다. 그러고 나서,

"사실은 말이야, 오늘 너를 기다리고 있었어. 이제 곧 쓰가와도 여기로 올 거야. 아까 운전하던 그놈이 벌써 전화를 했으니까."

하고 말했다. 나는 핏기가 가셨고, 어차피 믿어주지 않을 게 뻔한 이야기를 해야 할지 말아야 할지 망설였다. 하지만 미쓰오카가 먼저 그 이야기를 시작했다.

"너, 나하고 쓰가와가 퇴학당하고 졸업할 때까지 반년간 어떻게 보냈냐?"

"그저 교칙을 지키고 눈에 띄지 않도록 조심했지."

"그뿐이야?"

"입시공부에 필사적이었으니까……."

"그럼 내가 들은 이야기는 거짓말인가? 매주 토요일 오후, 바보탱크가 널 유도 도장으로 불러서 팔굽혀펴기를 시켰다던데. 그것도 바지와 팬티까지 벗기고 말이야."

내 안의 피가 급격하게 혈관을 확장시켜 미쓰오카의 얼굴을 쳐다볼 수가 없었다. 미쓰오카는 그 일을 대체 누구에게 들은 것일까. 그것만 생각했다. 메이토쿠칸의 바벨이나 덤벨, 청소 도구 등을 보관해두는 땀내 나는 밀실에서의 사건을.

"나는 분명히 매주 토요일에 메이토쿠칸으로 불려 갔어. 하지만 바지와 팬티를 벗고 팔굽혀펴기를 했다는 건 누군가 지어낸 이야기야. 나는 그때와 마찬가지로 무릎을 꿇고 있었어. 일주일에 한 번, 두 시간씩."

"왜 그런 걸 계속한 거야? 나도 쓰가와도 현행범이었으니까 발뺌을 할 수 없었어. 하지만 나가이, 너는 담배도 포르노도 학교에 가져온 적이 없었잖아. 조심성이 많았으니까."

"너하고 쓰가와가 퇴학당한 뒤에 나만 남아서 입시공부를 하는 게 부끄러웠어. 그놈한테 매주 괴롭힘을 당하는 일로 아마 너희들에 대한 속죄를 하고 있었을 거야."

말하는 중에 나는 실제로 그랬던 것 같은 기분이 들었다.

"그 남자, 지금은 덴노지의 마작 가게에 죽치고 있어. 당직하는 날을 제외하면 저녁마다 반드시 나타나지. 적당히 이기게 해두고 있으라고 젊은 놈한테 말해두었지."

나는 간신히 시선을 옮겨 미쓰오카의 차갑고 무표정한 얼굴을 쳐다보았다.

"바보탱크와 만났어?"

고개를 가로저은 미쓰오카는 날카로운 눈매로,

"이제 그놈을 바보탱크라고 부르는 것도 그만두자. 가미사카라고 하면 돼. 놀랍게도 가미사카는 4년 전에 유도부를 2년 연속으로 전국대회에서 우승시킨 공로자라고 해서 감독 일만으로도 많은 봉급을 받고 있지."

하고 말하며 득의의 미소를 지었나.

"죽이자."

나는 스카치 잔을 든 채,

"바보 같은 소리 하지 마. 나를 그런 일에 끌어들이진 말아줘."

하고 목소리를 높였다. 나는 일어나 돌아가려고 했다.

"진짜 죽이는 건 아니야. 사회적으로 말살시키는 거지. 이건 쓰가와가 생각해낸 작전이야. 쓰가와는 나가이 너만 찬성하면 할 생각이야."

"왜 내 찬성이 필요한 거지? 하고 싶으면 너하고 쓰가와 둘이서 하면 되잖아."

미쓰오카는 고급 스카치를 스트레이트로 들이켜고 긴 소파에 드러눕더니 팔베개를 하고 가만히 나를 쳐다보고 있다가 마침내 말했다.

"너, 분하지 않냐? 매주 한 번 그 새디스트 앞에서 고추와 엉덩이를 내놓고 팔굽혀펴기를 해야 했잖아."

"새디스트……?"

"난 네가 그런 일을 당했다는 말을 듣고 머리에 피가 솟구치더라. 쓰가와는 위스키 병을 내리쳤어. 그래도 한 사람의 인간을 말살시키는 일이니까 그때 도장에서 세 시간이나 무릎을 꿇고 있어야 했던 세 명의 의견이 일치하지 않으면 실행에 옮길 수는 없다는 게 쓰가와의 의견이야."

"인도적인 야쿠자네. 그와 비슷한 일을 지금까지 여러 번 해온 거 아냐?"

나의 이 말에는 대답하지 않고 미쓰오카는 여전히 차가운 삼백안을 내게서 거두려 하지 않고 이렇게 물었다.

"네가 무슨 일을 당했는지 내 귀에 어떻게 들어온 것 같냐?"

나는 무의식적으로 얼굴을 숙이고 소파에 고쳐 앉고는 스카치를 마신 후 담배에 불을 붙였다.

"가미사카의 마작 상대를 하고 있는 젊은 남자한테서야. 그러니까 가미사카의 입에서지. 그놈이 이름은 말하지 않았지만 나는 금방 알았어. 그놈이 이렇게 말했다더라. 저항할 수 없는 놈을 괴롭히는 것은 최고다. 옛날에 약점을 잡고 더럽게 건방진 학생 세 명을 때려눕히기도 하고 허리후리기로 일어서지 못하게 하기도 하고 도장에 세 시간이나 무릎을 꿇고 앉아 있게 한 적이 있다. 교장이 과감히 학생의 질을 바꾸고 싶다, 품행에 문제가 있는 학생은 이번에 한꺼번에 쫓아내겠다는 방침을 내세웠기 때문에 특히 성가신 두 명을 퇴학시켰다. 나머지 한 학생은 내가 매주 토요일 방과 후에 도장 도구실에서 괴롭혀주었다. 바지와 팬티를 벗기고 팔굽혀펴기를 시켰다. 꽤 미소년이었는데 고질이 되고 말았다. 사실은 세일러복을 걷어올리고 싶었지만 아무튼 남자 학교였으니까, 라고 말이야."

미쓰오카는 일어나 옷자락을 가지런히 하고,

"가미사카가 꿈을 이루게 해주지 않을래?"

하고 말했다.

"꿈이 이루어질 때가 추락하는 때지."

분노와 치욕이 내 손을 떨게 해서 잔을 들고 있을 수 없었다. 입에 문 담배의 재도 바지에 떨어졌다. 문 너머에서 여자 목소리가 들려왔다.

"쓰가와 씨예요."

미쓰오카가 어, 하고 대답하자 짧은 머리를 곱슬곱슬 파마를 한 통통한 남자가 들어왔다. 기모노 차림의 여자도 방으로 들어와 문을 닫고는 옷자락이 흐트러지지 않는 익숙한 걸음걸

이로 테이블 옆으로 걸어와,

"어서 오세요."

하고 내게 웃는 얼굴로 인사하고 미쓰오카 옆에 앉았다. 몸집이 작지만 화려한 미모로, 기모노 위로도 탄력 있는 육체의 요염한 기복을 상상케 하는 여자였다.

"이 가게의 마담이야."

미쓰오카는 이렇게 소개했지만 그녀가 미쓰오카의 여자라는 것은 일목요연했다. 나는 쓰가와를 쳐다봤다. 고등학교 시절에 비해 몸이 15, 16킬로그램은 불어난 듯했고 어울리지 않는 파마머리가 품위를 떨어뜨리고 있었다. 하지만 그곳만 조각한 듯한 콧대와 그 주위에 퍼져 있는 주근깨로, 나는 난폭하기는 하지만 기지가 풍부한 농담으로 자주 모두를 웃게 했던 그의 고교 시절을 순간적으로 반갑게 떠올렸다.

"나가이. 나는 널 원망했었어."

쓰가와가 이렇게 말하며 내 어깨를 가볍게 두드렸다.

"곱창을 너무 많이 먹은 거 아냐? 그렇게 나온 배는 뭐냐?"

나는 쓰가와의 배를 손가락으로 찌르며 웃고 싶지 않은데도 웃었다. 왜냐하면 나는 가미사카의 인생을 엉망으로 만들려고 결심했기 때문이다.

"그놈은 팔굽혀펴기를 하는 내 엉덩이를 목도로 팼어."

나는 신음하듯이 말했다.

"나는 대학에 가고 싶었기 때문에 절대 퇴학은 당하고 싶지 않았거든. 쓰가와와 미쓰오카가 퇴학당한 뒤에 곧 네 명이나 퇴학당했으니까 나는……."

"좋아, 정해졌어."

미쓰오카는 이렇게 말하며 여자에게 뭔가 속삭였다.

"가엾게. 나 같은 여자가 또 생기겠네요."

말과는 반대로 어딘가 재미있어하는 표정으로 여자가 나갔다. 나는 자신이 보잘것없는 월급쟁이라는 것을 강조하고 신변의 안전을 보장해달라고 말했다. 미쓰오카는 건배 준비를 하며,

"당연하지. 우리 세 사람은 직접 아무것도 하지 않아. 그쪽 똘마니가 움직이고 있어. 그 똘마니는 우리를 몰라. 자신의 의지로 움직이고 있거든."

하며 처음으로 소리를 내서 웃었다. 짧은 머리를 올백으로 한 탓뿐만 아니라 역시 관록이라고 말할 수밖에 없는 뭔가가 미쓰오카를 나나 쓰가와보다 훨씬 나이 들어 보이게 했다.

스무 살이 될까 말까 한 여자 세 명이 방으로 들어온 것은

우리가 물 탄 스카치로 건배를 한 뒤였다. 세 사람 모두 남자들이 좋아할 만한 용모로, 얼마간 불안한 듯이 방 여기저기를 둘러보았다. 그중 가장 순진해 보이는 여자에게 미쓰오카가 나이와 이름을 물었다.

"……열일곱. 후쿠하라 가오리."

이렇게 대답한 뒤 혀를 날름 내밀었다. 미쓰오카는 쓰가와에게,

"이 아이, 고2야. 어떻게 생각해?"

하고 진지한 눈으로 훑어보았다. 쓰가와는 말없이 고개를 끄덕였다. 나머지 두 사람에게도 미쓰오카는 부드러운 어조로 나이와 이름을 묻고는 방에서 나가도록 했다. 나는 세 명이 모두 고등학생이라는 것을 알고 잠시 우두커니 보고 말았다. 그런 말을 듣고 보니 어린애 같은 모습이 느껴졌지만 회사의 여사원들보다 요염하고 옷맵시도 세련되었다.

"자, 서 있지 말고 앉아."

미쓰오카는 가오리라고 한 열일곱 살의 아가씨에게 내 옆을 손으로 가리키고 품에서 돈다발을 꺼냈다. 만 엔짜리 지폐 열 장을 가오리의 손에 올리며,

"나의 소중한 친구야. 첫 일치고는 멋있는 신사가 걸린 거

지."

하고 말했다. 가오리는 나를 보고 미소를 지으며 주눅 들지 않고 옆에 앉았다. 그와 동시에 쓰가와는 일어나며,

"나는 갈세. 나가이, 언제든지 우리 가게로 와."

하고 손을 내밀었다. 나는 쓰가와와 악수를 나누었다. 쓰가와는 명함을 내게 내밀며 시치미를 떼는 얼굴로 떠났다.

"다음에 여기 올 때는 내 친구에 대해서는 말끔히 잊어버리는 거야."

미쓰오카가 가오루에게 이렇게 말하며 그녀의 등을 손등으로 톡톡 두드렸다.

나는 흰색 링컨 안에서 미쓰오카와 운전수가 나눴던 대화가 미리 협의된 것이라는 걸 알았다. 15분쯤 지나 나는 '페리온'을 나왔다. 가오리가 따라 나왔다. 야양을 떨고 기대며 내 팔에 달라붙고는,

"왠지 두근두근하네요."

하고 속삭였다.

"나하고 논 것으로 해줘. 나는 돌아갈 테니까."

"두근두근하는 것은 앞으로의 일이 아니에요."

나는 걸음을 멈추고 반들반들한 가오루의 볼을 바라보았다.

"교복을 입고 강간당하는 연극은 아무렇지 않지만……, 그 뒤의 일을 생각하면 마음이 무거워요."

아니나 다를까, 쓰가와가 세운 작전은 그런 것이었구나. 나는 끝까지 시치미를 떼기로 결심하고 미쓰오카가 자신의 돈으로 준비해준 여고생과의 하룻밤을 받아들이기로 했다. 며칠 뒤에 가미사카가 하는 것과 같은 방식으로…….

"강간당하는 연극이라는 건 뭐지?"

가오리는 멍하니 내 표정을 엿보더니,

"앗."

하고 조그맣게 소리쳤다.

"제가 사람을 잘못 본 것 같아요. 사장님께는 제가 말한 걸 비밀로 해주세요."

"강간 연극 말이야?"

"네. 혼나거든요."

"나는 무슨 일인지 전혀 모르니까 말할 수도 없어."

가오리는 안심하고 다시 몸을 기대왔다.

"강간이라, 나도 한 번 해보고 싶은데. 진짜 할 만큼 나쁜 사람은 아니니까 너를 상대로 연극으로."

"좋아요. 뭐든지 해드릴게요. 당신이 돌아간다고 해도 돌려 보내면 안 된다고 사장님이 몇 번이고 당부했으니까요."

나와 가오리는 택시를 잡았다. 고등학교 시절 말이 많았던 쓰가와의 입이 무거운 것이 이상하게 마음에 남았다. 그것은 나이가 든 탓만이 아닌 것 같았다.

"호텔비도 내게 하지 말라고 했어요."

가오리는 내 귀에 닿을 만큼 입술을 대고 이렇게 속삭였다.

해가 바뀌고 열흘쯤 지난 토요일 오후, 나는 회사 동료들이 집요하게 끄는 바람에 다 같이 마작을 하게 되었다. 나는 마작보다는 경마가 더 마음에 걸려 가게의 아저씨가 예상 정보지를 펼치고 들여다보고 있는 텔레비전에 자주 눈을 주었다.

"항상 남장南場*에서 그치는군. 판돈을 좀 올리세. 그렇지 않으면 나가이의 마음은 여기에 없을 테니까. 말만 보고 있어서 쌓는 것도 버리는 것도 느려."

동료 한 사람이 마작대 구석을 가볍게 두드리며 얼굴을 찌푸렸다. 메인레이스에 출장하는 말이 경주로로 입장한 뒤 프

---

* 마작 용어다. 게임 한판 한판을 국(局)이라고 하고 1~4국까지를 장(場)이라고 한다. 그리고 장은 동장 → 남장 → 서장 → 북장 순으로 이어진다. '남장'까지만 진행하는 '반장전'이 일반적이고 시간을 절약하기 위해 '동장'만 진행하는 것을 '동풍전'이라고 한다.

로그램에 편성된 뉴스 화면으로 바뀌었다. 나는 리치*를 걸고 아무렇지 않게 텔레비전 화면을 쳐다봤다. 가미사카의 얼굴 사진이 비쳤다.

"잠깐 기다려봐."

나는 세 명의 동료에게 이렇게 말하고 아나운서의 목소리에 귀를 기울였다. 현직 고등학교 교사가 밤중에 귀가 중이던 여고생을 차로 데려가 난폭한 짓을 저질렀다. 난폭한 짓을 당한 여고생의 고소로 체포되어 범행을 인정했다. 가미사카는 ××고등학교 유도부를 2년 연속 전국대회에서 우승시킨 유도부 감독으로 고등학교 유도계에 잘 알려져 있다. 아나운서는 대체로 이런 내용을 전했고, 다음으로 꽤 나이가 들었지만 본 적이 있는 교장이 온순한 표정으로 인터뷰에 응하는 화면이 비치기 시작했다.

"어? 나가이, 자네가 나온 고등학교 아닌가?"

짧은 뉴스 시간이라서 광고에 이어서 화면은 다시 경마장으로 돌아왔다. 나는 누군가의 물음에 대답하지 않고 내 패를 바라봤다. 하지만 리치를 걸었다는 것은 염두에 없었다. 스물

---

* 마작 용어로, 자신에게 패 하나만 더 들어오면 끝난다는 선언.

하나, 스물둘, 스물셋이라고 하는 가미사카의 목소리와 그가 든 목검 끝이 푹 엎드려 그대로 드러난 부분에 우격다짐으로 비틀어 넣어지는 감촉이 되살아났다. 나는 왜 매주 토요일 그 천한 남자에게 다녔는가. 나는 거기서 무엇을 했는가. 목검은 곧 무엇으로 바뀌었는가. 그가 천하면 천할수록 나의 아름 다움을 칭찬하는 말에 나는 얼마나 이완되었는가.

"어럽쇼, 벌써 늘어진 거야?"

나는 목검을 무서워하는 척하며 다시 팔굽혀펴기를 계속 한다. 힘이 약해질 때마다 엉덩이만 오르내린다.

"서른둘, 서른셋, 서른넷. 이놈, 똑바로 안 해? 엉덩이만 올 리는 건 안 셀 거야."

창피한 모양이 된 성기를 감추기 위해 나는 거친 숨을 내 쉬며 쉰다. 그 천한 남자는 가볍게 내 허리를 조금 든다. 그 순 간을 나는 어떤 마음으로 기다렸는가. 그 남자가 천하면 천할 수록 나는 청초하고 드문 미모에다 저항하지 않는 여자가 되 어간다⋯⋯.

양동이 밑판

나는 어렸을 때 한 번 그곳에 간 적이 있다. 솔밭이 롯코산 山에서 흘러나온 아시야강江의 종착점 부근을 감싸고 있고 갈 색의 거친 모래가 바다의 제방으로 이어져 있었다. 초등학교 3학년이었던 나는 근처 중학생을 따라갔지만 바닷물에 몸을 담근 기억은 없다. 갯강구가 기어 다니는 제방 위를 달리기도 하고 근처 가게에서 빙수를 사 먹었던 일을 기억하고 있다. 해 수욕을 할 생각이었지만 제방 너머는 오염되기 시작한 깊은 바다여서 결국 수영복으로 갈아입지도 못하고 저물녘까지 제 방 위에서 놀았을 것이다.

하지만 지금 거기에는 바다가 없다. 아시야강 옆의 마른 수 로를 건너면 광활한 벌판이, 화창한 날에는 모래 먼지로 흐려 지고 비 오는 날에는 척척 들러붙는 진창에 튀는 물보라로 막이 쳐져 마치 끝없는 황무지처럼 펼쳐져 있다. '아시야하마 단지 건설 공동기업체'라는 입간판을 세우고 급조한 접수처에는 초로의 경비회사 경비가 출입하는 업자의 차를 체크하고 있다. 바다를 매립하고 거기에 거대한 주택 단지와 거리를 조성하기 위해 건설회사와 전기업체, 게다가 공기정화시스템 회사가 공동기업체를 설립하여 제1기 공사를 시작한 것이다.

필시 최초로 들어간 덤프트럭 운전수가 어디를 어떻게 달리면 좋을지 몰라 되는 대로 고불고불 나아간 자리에 길이 생겼음이 틀림없다. 구부러질 필요도 없는 곳에 급커브를 그린 그 길을 경트럭으로 10분쯤 달리니 드디어 옅은 파랑색의 조립식 주택 하나가 보였다. 그것을 볼 때마다 나는 늘 발작의 전조인 가벼운 현기증이 일어났다.

공사 사무소인 조립식 주택은 전부 서른 동 이상이고 각각에 소장과 자재 담당 주임이 있기 때문에 도저히 하루에 돌 수는 없었다. 게다가 이런 대공사에서는 자재가 이미 제조사와의 직거래거나 대규모 자재 판매회사가 중간에 끼어 있기 때문에 내가 근무하는 사원 세 명의 조그만 건축 철물점은 아주 미미한 국물을 얻어먹는 게 고작일 것이다.

그런데 철물점 사장은,

"갑자기 빗자루 하나가 필요해졌을 때 제조사에 주문해봐야 제시간에 대지 못하지요. 그런 일이 서른 곳 이상의 사무소에서 일어나면, 히구치 씨, 하루에 서른 개의 빗자루가 팔리는 거요. 뭐든 상관없으니까 계속 다녀서 개척하고 오시오."

하고 말하며 내 일의 절반을 엄청난 대공사 현장의 국물을 모아오는 데 집중시켰다.

사장이 나에게 '씨'자를 붙여 부르는 것은 그가 운영하는 '마가키 상회'에서 나만 대학을 졸업했기 때문이다. 게다가 그는 다소 이상할 정도의 학력 콤플렉스를 갖고 있었다.

한 달 전 신문의 구인광고를 보고 마가키 상회로 찾아간 나의 이력서와 얼굴을 번갈아 보며,

"아니, 대학을 나오고 그런 일류 회사에 근무했던 사람이 어째서 여기 같은 철물점에서 일할 생각을 했습니까?"

하고 억지웃음을 지으며 무섭게 생긴 여자 귀신 탈 같은 얼굴로 물었다. 사실은 처자식이 있고 취직한 지 5년쯤밖에 되지 않는데 왜 유명한 회사를 그만두었는지를 묻고 싶었을 것이다. 그러나 나는 그 이유를 말할 수 없었다.

"친구와 공동 출자로 사업을 할 생각이었는데 도중에 잘 안 되어서……."

이렇게 거짓말을 했다. 구인광고에는 단지 사원 모집이라고만 기재되어 있었기 때문에 나는 사무직인지 아닌지를 물었다. 사무직이 아니라면 자신에게는 맞지 않으니 다른 일자리를 알아보겠다고 했다. 그러나 그는,

"안에서 일하는 사람도 앞으로는 반드시 필요합니다"

하고 애매하게 웃는 얼굴로 대답했다. 마가키 고지는 이삼일 지나 채용할지 어떨지 연락을 하겠다고 말했지만, 그날 밤 내가 사는 셋집으로 전화를 걸어와 만약 아직 마음이 바뀌지 않았다면 내일부터라도 와주었으면 한다고 말하며,

"히구치 씨 같은 사람이 우리 가게에서 일해주면 나도 계획을 빨리 진행할 수 있으니까요."

하고 기쁜 듯이 덧붙였다. 그는 물품을 공사 현장에 배달하는 배달원 한 사람을 충원할 생각이었지만 내 이력을 보고 생각을 바꿔 따로 배달 전문인 사람을 한 명 더 고용해야 할 처지가 되었다. 그것을 나는 일하기 시작한 지 사흘째 되는 날에야 알았다.

내가 사는 곳과 마가키 상회는 걸어서 채 20분이 안 걸리는 거리였다. 이렇게 걸어서 출퇴근할 수 있다는 것과 사무직이라는 점 때문에 나는 마가키 상회에서 일하기로 마음먹었던

것이다. 철물점이든 채소 가게든 파친코점이든 내게는 아무래
도 좋았다. 게다가 빚이 많아 이제 돈 빌릴 데도 없었고, 둘째
아이는 뭔가를 붙잡고 걷기 시작했다. 나는 결국 일하지 않으
면 안 되는 운명의 갈림길까지 와 있었던 것이다.

사흘간 나는 전화로 주문을 받고 밤늦게까지 전표 정리를
해야 했다. 건축 철물의 종류는 아마 수만 가지는 될 것이다.

"오쿠이 조組의 초등학교 현장인데 40킬로그램짜리 나메시
다섯 개, 15센티미터짜리 파일 다섯 개, 가능한 한 빨리 가져다
주게."

공사 현장의 남자가 한 말을 나는 빠른 말로 복창했다. 하
지만 그것이 대체 어떤 물건인지, 어디에 쓰는 물건인지 짐작
도 할 수 없었다.

"종려 있나? 50개. 지금 당장 필요한데."

"옛? 종려 말인가요?"

나는 전화기를 손으로 막고 사장에게 종려 50개를 주문받
았는데 어떻게 대답해야 좋을지 물었다.

"종려나무 빗자루를 말하는 거 아닌가요?"

"아, 빗자루인가요?"

"대학에서는 빗자루를 공부하지 않았나 보죠?"

이렇게 말할 때 힘없는 눈을 한 사장의 웃는 얼굴은 노골적으로 잔학성을 띠고 있었다. 내가 근무하기 전까지는 거의 10분마다 걸려오는 각 공사 현장에서의 주문을 사장의 아내가 받았다. 그녀는 남편보다 여섯 살 아래로 서른아홉 살인데 중학생 아들을 학교에 보내고 빨래와 청소를 마치고는 가게로 나온다. 싹싹하고 부지런하지만 어딘지 모르게 세련되지 못한 용모에 피폐함이 떠돌고 있었다. 내가 들어왔기 때문에 일손이 생겨 몸은 상당히 편해지겠지만 사는 보람도 줄어든다, 게다가 이 청년이 언제까지 일할지 알 수가 없다, 이렇게 생각하는 것 같았다. 사장은 자신의 아내, 그리고 3년 전부터 마가키 상회에서 일하고 있는 나카오라는 스물두 살의 배달원에게 말했다.

"이봐, 히구치 씨는 종려 빗자루도 모른다는군. 대학에서 가르쳐주지 않았다나 봐."

나는 어처구니가 없어서 모른 척하고 있었다. 그러자 트럭으로 짐을 나르며 나카오가 슬쩍 나를 불렀다.

"저 사람은 중학교밖에 안 나왔다고 나를 경멸하는 주제에 대학 나온 사람을 깔보는 겁니다. 괴롭히고 싶어서 안달이 나 있거든요. 신경 쓰지 말고 내버려두면 됩니다."

스물두 살인데도 아이가 둘이나 있는 나카오는 이목구비가 뚜렷하고 단정한 얼굴로 주의 깊게 사무소를 엿보며 말했다. 나에게는 친절했지만 너무 어릴 때 세상에 나온 사람에게서 흔히 보이는 고식적인 눈을 갖고 있었다.

"오늘 낮에 새로운 사람이 한 명 더 온답니다. 배달 전문이요. 사장은 일부러 중졸을 택했어요. 쉽게 그만두지 않을 사람을요."

새로운 사원의 얼굴을 보기 전에 나는 사장의 차를 타고 각 공사 현장에 인사를 다니러 나갔다.

"건축 철물을 외우는 일은 책상에 앉아서는 3, 4년이나 걸립니다. 히구치 씨, 한동안 영업을 하며 공사 현장을 돌아다녀 보는 건 어떻소? 그러는 게 빨리 외울 수 있을 거요."

나는 그렇다면 그만두겠다고 말할 수 없었다. 내가 간신히 일을 하기 시작해서 아내의 표정이 미미하나마 다시 환해진 것을 생각하면, 아무래도 처음부터 그럴 생각이었던 듯한 사장의 속셈을 읽을 수 있었어도,

"그렇군요."

하고 힘없이 대답할 수밖에 없었다. 또 하루 종일 발작을 걱정해야 한다……. 그것만이 마음을 짓눌렀다.

"대졸자가 아니면 여기는 무너뜨릴 수가 없거든요."

아시야하마 단지의 엄청난 공사 현장으로 직행하자 사장은 이렇게 말했다.

"대졸자는 지천에 널렸어요."

나는 넌더리를 내며 말했다.

"이 현장에도 지천에 널렸지요."

그리고 그는 공동기업체의 중추인 5번 동으로 나를 데리고 가서 자재 담당인, 나와 비슷한 나이의 남자에게 소개했다. 하지만 그 남자는 이제 막 만들어온 내 명함을 휴지통에 버렸다. 옆의 6번 동, 7번 동에서도 소장과 주임에게 인사를 하고, 거기서 차로 5분쯤 떨어진 8번 동으로 갔을 때는 이미 날이 저물어가고 있었다. 세찬 빗속에서 콘크리트 파일을 박는 작업이 끝나가고 있어 다들 바쁜 것 같았다. 파일을 박는 기계 소리가 사라질 때까지 우리는 8번 동의 2층으로 올라가 기다리고 있었다. 헬멧과 작업복을 걸친 몇 명이 돌아와 손과 얼굴을 씻고는 곧 마작을 시작했다. 이제야 일을 끝내고 놀고 있는 그들에게 사장은 목장갑이 필요하지 않느냐, 종려 빗자루도 대나무 빗자루도 싸게 주겠다며 집요하게 말을 걸었다.

"아저씨, 장사를 열심히 하는 건 좋지만 이제 돌아가주지 않겠소."

살갗이 희고 아랫볼이 불룩하며 눈초리가 치켜 올라간 남자가 혀를 차며 말했다.

"이분이 여기 현장 주임님이셔. 도쿠나 씨라고 하지. 명함을 드리고 제대로 인사를 해두시오."

그러자 도쿠다는 마작 테이블을 두드리며,

"나는 명함 같은 건 갖고 있지 않네. 자네 명함도 필요 없고."

하고 나를 보며 소리쳤다. 도쿠다는 동1국*에서 두 번 연달아 오야親한테 만관滿貫**을 내던졌다. 나는 도쿠다 뒤에 서 있어서 그의 왼쪽과 오른쪽 사람의 패를 볼 수 있었다. 왼쪽의 남자가 리치를 선언했다. 2통과 5통을 버리고 8통을 기다리고 있었다. 도쿠다는 망설인 끝에 8통을 버리려고 했다. 나는 아무도 눈치채지 못하게 도쿠다의 등을 손가락으로 밀었다. 그는 그게 무슨 뜻인지 금세 이해하고 버리려던 8통을 되돌리고 다른 패를 버렸다. 나는 그렇게 해서 도쿠다가 내놓는 것을 다섯 번이나 도와주었다. 그사이 돌아갈 준비를 하기 시작한 소장에

* 오야가 필요 없는 패를 하나 버리면서 게임을 시작하는 걸 동1국이라고 한다.
** 마작에서 최대한도의 득점에 달함.

게 사장은 출입증 한 장만 할당해달라고 부탁했다. 출입증이 없으면 접수처에서 귀찮은 절차가 필요했다. 소장은,

"철물점에까지 일일이 출입증을 어떻게 내주겠나? 우리가 볼일도 없는 업자한테 내줄 필요는 없지 않겠소?"

하며 상대도 해주지 않고 돌아갔다. 우리가 돌아가려고 사무소 문을 열었을 때 도쿠다가 패에 눈을 둔 채,

"아저씨 얼굴은 보기도 싫지만 그 신입 사원이라면 한 장 할당해줘도 좋소. 내일 절차를 밟으러 오시오."

하고 퉁명스럽게 말했다. 돌아가는 차 안에서 사장은 잇몸을 드러내고 웃으며,

"역시 내가 예상한 대로야. 대졸자는 대졸자끼리가 아니면 이야기가 통하지 않는다니까."

하고 말했다.

장마에 접어들었다고 선언한 다음 날부터 심한 비가 닷새간 계속 내렸다. 나는 아침 10시인데도 차의 헤드라이트를 켜고 아시야하마의 매립지를 오른쪽, 왼쪽으로 나아갔다. 무심코 진창에 들어갔다가는 차가 움직일 수 없게 된다. 맞은편에서 덤프트럭이 올 때마다 나는 차를 세웠다. 덤프트럭도 옆

으로 미끄러지며 나아가기 때문에 엇갈릴 때 부딪칠 위험성이 있었다. 파낸 진흙을 가득 싣고 있는 덤프트럭은 미끄러지는 각도가 커서 만약 충돌하면 경트럭 안에 있는 나는 차와 함께 찌부러질지도 몰랐다. 평소에는 접수처에서 8번 동까지 12, 3분이면 갈 수 있었는데 그날은 30분 가까이나 걸렸다. 두 번째로 맹렬한 기세로 미끄러져온 10톤 트럭이 얼굴 앞으로 다가와 나는 핏기가 가신 채 억수같이 쏟아지는 빗속으로 비켜 달아났다.

"차를 좀 더 끝으로 붙이지 못해. 이 바보 같은 놈!"

덤프트럭 운전수는 큰 소리로 고함을 쳤지만 그 이상 끝으로 붙이면 차에 의해 만들어진 길에서 벗어나 썩은 고기 같은 진창에 빠지고 말 것 같았다.

그 풍모로는 상상도 할 수 없을 만큼 마작이 서투른 도쿠다는 나를 보자 묘하게 상냥한 미소를 띠었지만, 못대가리 하나 주문해준 적이 없었다. 근방의 작은 노무자 합숙소도 아니고 매일 자주 다니는 것만으로는 진척이 없으리란 것은 나도 알고 있었다. 하지만 사장에게는 다소 많은 헛된 돈을 쓸 도량이 없었고, 나는 나대로 이전의 회사에서 했던 수법을 구사하면서까지 주문을 따내려는 마음이 없었다. 우란분재와 연말

선물, 거래액의 3퍼센트 환원, 접대 마작……. 나는 그런 일에
몹시 지쳐 있었다.

물방울이 뚝뚝 떨어지는 헬멧을 벗고 사무소 문을 닫으며
인사한 나에게 드문 일이게도 도쿠다가 먼저 말을 걸어왔다.
널찍한 사무소에는 도쿠다 이외에는 아무도 없었다. 조립식
건물의 지붕을 때리는 빗소리가 사무소에 크게 울렸다.

"자네 가게에 플라스틱 양동이 뚜껑은 없나?"

"플라스틱 양동이 말인가요?"

도쿠다는 책상 위로 다리를 아무렇게나 내뻗고 고개를 가
로저었다.

"아니, 뚜껑이네. 뚜껑만."

"뚜껑만이요……?"

"그것도 482개라네. 오늘 중에."

나는 전화기를 빌려 쓰겠다고 하고 전화로 사장과 의논했
다. 뚜껑이 달린 플라스틱 양동이는 둘이 한 세트이기 때문에
뚜껑만 매입하는 것을 불가능할 것이다. 사장은 이렇게 대답
하고 나서,

"뭐에 쓰려는지 물어보게."

하고 말했다. 나는 일단 전화를 끊고 비옷을 벗고는 도쿠다

가까이에 있는 의자에 앉아 어디에 쓸 거냐고 물었다. 코끝을 손톱으로 긁으며 입술을 내밀기도 하고 일그러뜨리기도 했는데,

"이 비로 물웅덩이가 생겨서 박아놓은 콘크리트 파일의 구멍이 어디 있는지 분간을 할 수 없네. 어제저녁에 한 명이 큰 부상을 당했지. 한쪽 발이 파일 구멍에 빠져서 불알이 찌부러졌다네. 그 충격으로 심장이 이상해져 하마터면 죽을 뻔했지."

하고 설명했다.

"파일 구멍에 덮개를 덮고 싶네. 일부러 만들게 할 예산도 없고 시간도 없어."

그는 초조한 듯이 일어나 손확성기를 들고 창밖을 향해 소리쳤다.

"구라모치. 이봐, 구라모치, 사무소로 돌아오게."

확실히 어디에 파일을 박았는지 알 수가 없었다. 노란 헬멧을 쓰고 있지 않으면 뭐가 사람이고 뭐가 진창인지조차 구별되지 않았다. 억수같이 쏟아지는 비와 진창 속에서 노란 헬멧 하나가 가까이 다가왔다.

"얼빠진 짓을 하고 말이야."

도쿠다는 입구에 세워져 있는 대걸레를 발로 차서 쓰러뜨렸다. 철 계단을 뛰어서 올라온 사람은 아직 순진한 얼굴의 심

약해 보이는 청년이었다. 도쿠다는 구라모치에게 마구 화풀이를 했다.

"이봐, 그 녀석이 지름길로 가려고 파일 구멍투성이인 곳을 가로지르는 것을 보고만 있었어? 왜 말리지 않았냐고, 이 바보 같은 놈!"

구라모치는 고개를 숙이고 조그만 소리로 죄송하다고 말했다.

"무슨 좋은 방법이 없겠나?"

도쿠다가 내게 물었다.

"떡 굽는 석쇠 같은 건 어떻겠습니까?"

도쿠다는 생각에 잠겼다가,

"하나에 100엔으로 하면 자네 가게에 장사가 되겠나? 482개네. 우리는 100엔 이상은 내지 못해."

하고 말했는데 의미심장한 눈빛으로 변해 있었다. 가령 떡을 굽는 석쇠의 매입가가 300엔이어도 그것은 그것대로 좋지 않을까 하고 나는 생각했다. 10만 엔이 조금 안 되는 손해이지만 도쿠다는 언젠가 그만큼을 반드시 벌충해줄 것이다. 나는 다시 한 번 전화를 빌려 사장에게 이유를 이야기하고 떡 굽는 석쇠 482개를 서둘러 매입할 수 있느냐고 물었다.

"예산은 하나에 100엔밖에 책정할 수 없다고 합니다."

그때까지 기분 좋게 내 이야기를 듣고 있던 사장은 긴 침묵 끝에,

"히구치 씨, 설마 이미 떠맡은 건 아니죠? 백 엔에 팔면 대체 무슨 장사가 되겠소? 배는 손해요."

하고 기가 막히다는 듯이 말했다. 옆에 도쿠다와 구라모치가 있기 때문에 나는 내 생각을 말할 수는 없었고, 어차피 눈앞의 일밖에 생각하지 못하는 인색한과 의논할 기력도 없었다.

"좀 더 머리를 쓰시오."

사장이 말했다.

"아까 플라스틱 양동이 뚜껑이라고 했지요? 그 발상을 전환하는 거요. 뚜껑이 아니라 밑판을 이용하는 거지요. 그것도 양철 양동이 밑판이오."

"옛?"

"양동이 밑판이라는 말은 하지 마시오. 일부러 양철 판을 도려내 구멍을 뚫는다고 해두는 거요. 출혈을 감수한 대서비스지요. 지금은 양철 양동이를 만드는 소규모 공장도 플라스틱 양동이에 밀려 절반은 망해가고 있어서 양동이 밑판도 먼지만 뒤집어쓰고 있거든. 하나에 10엔이나 20엔이라도 기꺼이

팔려고 할 거요. 히구치 씨, 양철 양동이는 말이지, 둘레와 밑판을 따로 만들어서 나중에 납땜을 하거든."

분명치 않은 긴 웃음소리 뒤에 사장은,

"파일 바깥 둘레의 지름을 물어보시오"

하고 말했다. 도쿠다는 책상 위의 노트를 넘기며,

"35센티미터가 232개, 30센티미터가 163개, 25센티미터가 87개."

하고 읽으며 메모지에 베껴 써서 내게 건넸다. 나는 사장에게 그 숫자를 전했다. 가장자리 세 군데에 구멍을 뚫어야 철사로 파일에 고정할 수 있으니까 그 작업에 시간이 걸린다. 하지만 오후 4시경에는 나카오에게 배달하게 할 것이다. 사장은 이렇게 말하고 전화를 끊었다.

"떡을 굽는 석쇠는 어린애는 몰라도 어른 체중을 견디지는 못할 테니까 특별히 양철 덮개를 만들게 하겠습니다. 어떻게든 서두르겠지만 배달은 오후 4시쯤이나 될 것 같습니다."

"양철로 덮개를 만든다고? 그런 게 하나에 100엔에 가능할까?"

"첫 일이니까 100엔에 납품하겠습니다."

도쿠다는 들고 있던 볼펜을 구라모치에게 내던지며,

186

"네놈 덕분에 마가키 상회에 빚을 지게 됐잖아."

하고 꾸민 듯이 한숨을 내쉬었다. 4시까지 어떻게 시간을 보낼까 하고 나는 생각했다. 손발이 차갑고 사무소 안이 희어보이기 시작했기 때문에 서둘러 가게로 돌아가려고 마음먹고,

"4시쯤 다른 사람이 물건을 갖고 올 겁니다."

하고 말하며 사무소를 나와 헬멧을 쓰고 경트럭의 운전석에 앉았다. 나는 진흙을 싣고 있는 덤프트럭이 지나가기를 기다렸다. 덤프트럭 뒤에 약간의 간격을 두고 따라가는 게 가장 안전할 것이라고 생각했다. 나는 여러 대의 덤프트럭을 보고 있었다. 구라모치가 비옷을 입고 내 차 앞으로 가로지르다가 나를 알아보고 유리창 너머로 안에 타도 좋은지 물었다. 나는 문을 열어주고 도쿠다에게 보이지 않는 곳으로 차를 옮겼다.

"양철 덮개를 좀 더 빨리 가져올 수는 없습니까?"

구라모치는 비옷 버튼을 열고 작업복에서 담배를 꺼내 내게 권했다.

"그건 왜죠?"

내가 물었다.

"철야를 해서라도 저 혼자 482개의 파일에 덮개를 달라고 하거든요."

"구라모치 씨 혼자서요?"

"자신이 실수한 거면서 완전히 제삼자가 되어 어물쩍 넘어
갈 생각입니다. 부상자가 나온 것은 사실 도쿠다 씨의 잘못인
데 말이지요."

깊이 20미터의 파일이 박혀 있는 곳에는 그것을 나타내는
빨간 깃발을 세우는 것이 이번 공사의 안전 기준이다. 그런데
도쿠다는 설마 20센티미터 가까이 지상으로 돌출되어 있는 파
일이 감춰질 만큼 큰비가 올 거라고는 예상하지 못해서 깃발
을 세우는 작업을 생략한 것이다. 구라모치는 이렇게 말했다.

"아아, 바다에 거리를 만드는 건 그다지 좋은 일 같지 않네
요."

그 표현이 재미있어서 나는 소리를 내지 않고 웃었다.

"히구치 씨도 마가키 상회에 들어온 지 아직 얼마 안 되었
지요? 저도 올해 막 입사했습니다."

나는 대학을 졸업하고 사회에 막 진출했을 때의 나를 떠올
렸다.

"전의 회사는 왜 그만두었습니까?"

구라모치가 물었다. 그는 내가 전에 근무했던 회사 이름을
알고 있었다.

"마가키 씨가 자기 가게에 이런 사원이 들어왔는데 내일 인사하러 보낼 테니 잘 부탁한다며 여기저기 인사하고 다녔으니까요."

"부끄러운 짓을 하는 사람이라니까."

나는 이렇게 중얼거리고 화가 난 김에 목장갑으로 차창에 서린 김을 닦았다.

"양철 덮개를 하나 다는 데 몇 분쯤 걸릴까요?"

구라모치는 자꾸만 내게 말을 걸었다.

"글쎄……, 1분쯤 걸리겠지요."

"1분이라……. 한 시간에 60개. 우와, 8시간이나 걸리겠네요."

구라모치는 두 손바닥으로 머리를 감싸 안았다.

"누군가 거들어주겠지요. 신입사원인 구라모치 씨가 이런 빗속에서 혼자 500개 가까운 파일에 덮개를 다는 걸 본다면 모른 척하는 사람만 있지는 않겠지요. 네 명에서 하면 3시간도 안 걸릴 겁니다."

나는 이렇게 말하고 구라모치의 어깨를 두드렸다.

하지만 예정보다 30분 빨리 구라모치가 허벅지까지 올라오는 고무장화를 신고 덮개를 다는 작업을 해도 누구 한 사람도와줄 기미가 없었다. 도쿠다가 수령증에 사인하기를 기다리며 나는 점점 거세지는 빗줄기 사이로 어른거리는 조그맣고 노란 점만 바라보고 있었다.

"구라모치 씨 혼자서 덮개를 다는 겁니까?"

나는 일부러 잡담을 즐기고 있는 다른 작업자들에게도 들리도록 물었다.

"수업이야, 수업. 나도 입사한 해에는 더 힘든 일을 해야 했지."

도쿠다는 아무렇지도 않다는 듯이 태연하게 자신의 일을 시작했다. 아래에서 나카오가 기다리고 있었다. 그의 트럭에는 블록과 40킬로그램의 철선이 실려 있었다. 앞으로 사카이의 공사 현장에 배달해야 한다는 것이었다. 나는 구라모치와 함께 식당 동에서 점심을 먹은 후 걱정하고 있던 강한 발작이 일어나 경트럭 안에서 누워 이를 악물고 있었다. 도망쳐서 그냥 넘어가려고 했다가는 언젠가 더욱 안 좋은 상황으로 내몰릴 거라고 생각하며.

"나는 이제 두세 군데 다른 사무소를 돌고 나서 돌아가겠습니다."

나의 이 말에 나카오는 가볍게 인사를 하고 가려고 하다가 몸을 웅크리고 돌아왔다.

"우리 사장 취미가 뭐라고 생각해요?"

"글쎄요……. 일이나 저금, 그런 것이겠지요."

나는 멀리 노란 점을 보며 말했다. 검지와 중지 사이에 엄지를 끼워 넣은 나카오는 그것을 구불구불 움직였다.

"마누라와 매일 밤입니다. 카페에서 커피를 마시는 건 지난 3년 동안 한 번도 없었어요."

"믿을 수가 없네요."

"하지만 진짜입니다."

그러고 나서 나카오는 한 달 매상이 1,000만 엔을 넘으면 사원에게 돈 봉투가 나온다고 귀엣말을 했다.

"예, 아주 쩨쩨한 사람은 아니었군요."

"얼마나 들어 있을 것 같아요?"

"만 엔? 아니면 5,000엔쯤?"

나카오는 운전석에 앉자 시동을 걸고,

"100엔짜리 동전 두 개입니다."

입술을 젖히며 웃고 떠났다. 나는 나뒹굴고 있는 블록 부스러기를 발로 차며 소리를 죽여 웃었다. 집요한 기침처럼 웃음은 내 목구멍 안쪽에서 언제까지고 치밀어 올랐다. 에잇, 될 대

로 돼라. 가슴속으로 이렇게 중얼거리며 나는 다시 2층으로 올라가 도쿠다에게,

"작업복과 허벅지까지 올라오는 고무장화 좀 빌려주세요."

하고 부탁했다. 도쿠다는 잠깐 나를 쳐다봤지만 이내 엷은 웃음을 띠고 입구 옆의 물건 넣어두는 곳을 가리켰다. 나는 넥타이를 풀고 양복과 커터셔츠를 벗고는 몸에 맞을 것 같은 작업복을 입었다. 그리고 상의와 바지로 나뉜 두툼한 비닐 방수복을 그 위에 걸치고 아래층으로 내려가 노란 점을 향해 걸어갔다.

사방 1킬로미터에 걸쳐 2미터 정도의 깊이로 흙이 파헤쳐졌고, 거기에 콘크리트 파일이 박혀 있었다. 단단히 다져져 있다고는 해도 인공적으로 만든 땅은 약해 여기저기서 빗물과 진창이 섞여 흘러나오고, 층이 진 곳 가장자리는 계속 무너지고 있었다.

"돕겠습니다."

내 목소리는 빗소리에 지워져 두 번이나 큰 소리를 지르고서야 비로소 구라모치의 귀에 도달했다. 구라모치는 얼굴을 들고 진흙투성이의 얼굴로 미소를 짓고는 내게 말했다.

"목장갑을 끼지 않으면 양철에 손가락이 베입니다."

"이제 몇 개나 달았습니까?"

"32개입니다."

나는 물웅덩이 밑바닥을 발바닥으로 스치며 구라모치 가까이까지 나아가 잠시 그가 일을 해나가는 순서를 지켜보고 있었다. 파일 끝에서 5센티미터쯤 아래에 못이 나와 있어 그곳에 철사를 감았다. 익숙해지면 하나를 다는 데 1분도 걸리지 않지만, 귀찮은 것은 물웅덩이 밑바닥의 진창에 발이 빠지지 않게 걷는 일이었다.

"아무튼 앞을 보지 말기로 합시다. 아득해질 뿐이니까요."

구라모치는 이렇게 말했다. 하나 달 때마다 양철을 때리는 빗소리가 커져갔다.

"모내기 같네요."

10분도 되지 않아 허리가 아파왔다. 목장갑 한쪽이나 담배 필터가 흙탕물에 떠서 흔들거리고 있었다. 6번 동과 7번 동의 불이 꺼지고 덤프트럭의 수가 줄었다. 구라모치는 비닐봉지에 싼 회중전등으로 내 주변을 비추며,

"이 상태로 하면 9시 전에는 끝날 것 같네요."

하고 말했다.

"아시야의 야마테초에 있는 스낵바에 마시다 만 술을 맡겨

됐습니다. 피자가 아주 맛있는 가게지요. 끝나면 제가 한턱내 겠습니다."

나는 양철 덮개를 달며,

"모처럼 권해주었는데 저는 밖에서 식사하는 게 힘듭니다. 이상한 지병이 있어서요."

하고 대답했다.

"지병……. 어떤 지병인가요? 이런 빗속에서 흙탕물에 몸을 담그고 있어도 괜찮습니까?"

"예, 오히려 이런 장소가 더 안심이 됩니다."

구라모치는 작업하던 손을 멈추고 약간 당혹스러운 얼굴로 나를 쳐다보았다.

"3년 전에 갑자기 걸렸습니다. 혼자 전철을 탈 수 없는 병이지요. 전철을 타면 심장이 두근두근하고 당장이라도 죽을 것 같습니다."

"아, 예……."

"그러다가 택시도, 버스도 탈 수 없게 되어 거래처 사람과 한창 일 이야기를 하고 있는 중에 기분이 나빠졌습니다. 이런 저런 병원에 갔는데, 안 가본 곳은 정신과뿐이었지요. 아마 거기에 가는 것이 정답일 겁니다."

구라모치의 얼굴에 불안과 두려움이 비쳤기 때문에 나는 웃는 얼굴로,

"남에게 위해를 가하는 병은 아닙니다. 죽음의 공포와 발광의 공포로 숨이 끊어질 것 같아질 뿐입니다."

하고 설명했다. 하지만 아무리 설명해도 이해하기 힘들다는 것을 나는 잘 알고 있었다. 아내조차 발작이 일어났을 때의 내 증상이나 괴로움을 이해하는 데 2년 가까이 걸렸기 때문이다. 회사 상사는 한동안 마음 편한 일로 바꿔보는 게 어떻겠느냐며 히메지 영업소로의 전근을 넌지시 내비쳤다. 어디를 가도 마찬가지일 거라는 것은 내가 가장 잘 알고 있었다. 그리고 히메지 영업소는 사원들 사이에 '유배지'로 불리고 있었다. 나는 발작의 공포를 견디지 못하고 회사를 그만두고 싶다고 아내에게 말한 날 밤을 떠올렸다.

"병을 고치고 처음부터 다시 시작하고 싶어."

"회사를 그만두면 병은 낫나요?"

그러고 나서 아내는 언제까지고 잠들지 못하는 아이를 무릎 위에 올리고 자신에게 타이르는 듯이,

"잠시 쉬면 낫는 거죠? 나으면 일할 곳은 얼마든지 있는 거죠?"

하고 말하며 미소를 지었다.

나와 구라모치는 한 시간 가까이 말없이 작업을 계속했다. 이제 바로 앞밖에 보이지 않았다.

"허리 통증과 추위만은 견딜 수가 없군."

나는 이렇게 혼잣말을 하고는 허리를 폈다. 양철을 때리는 빗소리가 정수리에 꽂히듯이 거셌다.

"발광의 공포라는 건 어떤 기분인가요?"

어느새 다가왔는지 눈 주위 이외에는 진흙투성이가 된 구라모치가 뒤에서 물었다. 나는 적당한 말이 없어서 이렇게 대답했다.

"그게 죽는 것보다 무섭다는 생각이 드는 거지요."

갑자기 서치라이트가 비치더니 도쿠다가 손확성기로 말하는 소리가 들렸다.

"이봐, 몇 개나 남았어?"

"300개 정돕니다."

구라모치가 소리쳐 대답했다. 하지만 아무리 큰 소리를 질러도 구라모치의 목소리는 도쿠다에게 들리지 않았다. 구라모치는 혀를 차며 보고하기 위해 물웅덩이에서 나가 사무소로 향했다. 무수한 붉은 점멸등이 공사 현장 여기저기에 희미하게 보였다. 서치라이트에 비친 거대한 물웅덩이 속에서 나는 작업을 계속했다. 흙탕물과 쇠에 슨 녹 냄새가 코를 찔렀다. 나는 흙탕물이 들어가지 않도록 눈을 가늘게 뜨고 콘크리트 파일의 시커민 구멍을 오랫동안 늘여다보고 있었다. 악취는 거기서 솟아나고 있었다. 나는 천천히 시선을 옮겨 서치라이트 네 개를 눈이 아플 때까지 바라보았다. 곧 파일에 덮개를 씌우고 철사를 못에 감았다. 마치 밤일이 끝나가는 사람처럼 얼마간 고양된 채 솜씨 좋게 양철 덮개를 씌워나갔다.

흙투성이가 된 엄청나게 큰 양동이 밑판으로 몇 시간이나 구멍을 수리했다고 말하면 아내는 얼마나 기뻐할까, 하고 나는 생각했다.

보
라
색

두
건

* '보라색 두건(紫頭巾)'은 스스키타 로쿠헤이(寿々喜多呂九平) 원작의 일본 시대극 작품 제목이기도 하다. '보라색 두건'을 쓰고 나타나 악인을 물리쳐 서민의 영웅이 되는 이야기인데, 이 원작을 각색하여 '보라색 두건'이 등장하는 영화와 드라마가 1920년 대부터 1970년대까지 제작되었다.

시궁창이 엷게 얼어 거기에 비친 달빛의 가장자리가 유막의 무지갯빛과 겹쳐 있었다. 소노코의 오른손 손가락 끝은 얼음을 깨고 시궁창에 잠겨 있었는데, 그것이 가끔 움직이는 듯한 기분마저 들었다. 널판장 너머에서 네다섯 마리의 들개가 모여들어 틈으로 코를 내밀기도 하고 으르렁거렸고, 바람이 그칠 때마다 비린내를 풍겼다.

"정말 죽었어?"

입을 반쯤 벌린 채 얏짱이 이렇게 말하고, 엎드린 채 쓰러져 있는 소노코의 귀 가까이에서 제자리걸음을 하고 있었다. 사루공이 파출소로 달려가고 나서 그는 계속 그 말만 했고, 그때마다 우리는 눈을 칩떠 바라보았다.

"숨을 쉬지 않는 것 같은데, 아까부터 계속. 죽은 게 틀림없어."

다케모토가 형에게 물려받은 낡은 점퍼의 긴 소매로 콧물을 닦고, 살짝 옆으로 엎드려 있는 소노코의 오른쪽 얼굴을 흠칫흠칫 들여다보며 흥분된 목소리로 이렇게 말했다.

"이거 피지?"

나는 소노코의 코언저리에 검게 묻어 있는 것을 손으로 가리켰다.

"피야, 피."

얏짱은 아스팔트 위의 시궁창 쪽으로 뻗어 있는 얼룩에서 뒤로 물러서며 피야, 피, 하고 되풀이해서 말했다. 그런데 주위에 가로등이 없어 그것이 피인지 누군가가 갈겨놓은 오줌의 흔적인지 분간할 수 없었다. 이럴 때 영리하고 믿음직한 최훈이 영원히 떠났다는 여운에 따른 흥분이 열두 살의 우리를 한밤중 노상에 쓰러진 사체에서 도망칠 수 없게 했다. 최 씨 일가, 김 씨 일가, 일본인 아내와 헤어진 윤정철이 없어진 와타나베 공동주택은 현관 자물쇠가 닫혀 있고, 어느 창에도 불이 꺼져 있어 찬바람 속의 폐가로밖에 보이지 않았다. 우리 부모님도, 다케모토의 아버지도, 얏짱의 어머니와 형도 니가타 항으로 향하는 최, 김, 윤을 전송하기 위해 국철 아마가사키 역에서 오사카 역으로 나가 아직 돌아오지 않았다. 공동주택의 집주인은 벽이나 유리창에 붙은 '쳐부수자! 북조선 괴뢰 공동주택'이라든가 '불쌍하다, 매국·망국의 북조선 귀환자단'이라고 손으로 쓴 전단지를 그대로 두고 오늘 아침부터 모습을 감췄다.

미로 상태의 골목을 누비는 강한 바람은 이따금 소노코의 스커트를 젖히기도 하고 또 원래 상태로 돌려놓기도 했다.

"왜 안 오지……?"

다케모토는 이렇게 말하며 시궁창을 따라 거리 쪽으로 대여섯 걸음 가다가,

"야, 돌아가면 안 돼."

하고 내가 말하자 다시 돌아왔다.

"사루공, 파출소에 안 가고 그냥 집에 가버린 걸 거야."

얏짱이 몇 번인가 떨리는 목소리로 이렇게 말했을 때, 자전거 소리와 사루공이 달려오는 듯한 운동화 소리가 들려왔다.

그러고 나서 10분쯤 지나 순찰차 세 대가 골목 입구를 막듯이 멈춰 서고, 경찰이 소노코를 중심으로 줄을 치기 시작했다. 바람을 피해 윤정철의 소유물이었던 고철 적치장 옆으로 우리를 데려간 경찰 둘은 회중전등으로 얼굴을 비추며 우리에게 물었다.

"맨 처음에 발견한 건 누구지?"

"저요."

나는 주뼛주뼛 한 손을 들었다. 형사는 내 이름과 나이, 그리고 주소와 학교 이름을 듣고 수첩에 메모했다.

"몇 시쯤이지?"

나는 20분쯤 전이라고 말했다.

"네가 봤을 때는 이미 저기에 쓰러져 있었니?"

나는 고개를 저었다.

"저기서 나왔어요."

고철 적치장과 와타나베 공동주택 사이의, 한 사람이 간신히 지날 만한 틈을 손으로 가리키며 소노코는 그 안쪽의 연립주택에 산다고 덧붙였다.

"소노코園子라……. 공원의 원園이겠지?"

"화원의 원園이에요."

사루공은 새된 목소리로 이렇게 말한 후 불안한 듯이 우리를 쳐다봤다. 형사가 재촉하자 한 경찰이 연립주택으로 달려갔다.

"성은?"

우리는 아무도 소노코의 성을 몰랐다. 나는 내가 본 광경을 긴장하면서도 열심히 설명했다. 골목으로 나온 소노코는 우웩, 우웩, 하는 소리를 내며 거리 쪽으로 갔다가 한 번 멈춰 서서 돌아서는 것처럼 보였는데, 몸의 방향을 돌리려고 할 때 막대기처럼 앞으로 쓰러졌다고.

"다른 사람은 아무도 없었어? 여자 뒤나 옆에 말이야."

"없었다고 생각해요."

"생각한다고? 그건 너한테 보이지 않았을 뿐이고 다른 누군가 있었을지도 모른다는 거야?"

나는 대답에 궁해 검시관이 소노코를 다양한 각도에서 비추는 카메라 플래시를 바라보고는 고개를 숙였다.

"그 사람밖에 보이지 않았어요."

"무슨 소리는 들리지 않았어? 예를 들어 도망가는 발소리라든가, 여자가 골목에서 나올 때까지 이야기하는 소리를 들었다든가. 무서워하지 말고 천천히 한번 생각해봐."

나는 눈물을 글썽이며 들리지 않았다고 대답했다.

"너희들, 이미 12시가 지났어. 어린애들 넷이서 무슨 일로 이 근처를 얼쩡거리고 있었던 거지? 너희들 집은 이쪽이 아니지?"

형사의 말에 우리는 다시 서로 얼굴을 쳐다보았다. 우리는 윤정철의 고철 적치장에 어쩌면 돈이 될 만한 것이 남아 있을지도 모른다고 생각해 그것을 훔치러 가는 길이었다. 만약 구리선이라도 있으면 다른 고철상에 팔자. 저녁에 넷이서 이렇게 의논하고 각자 부모님이 나간 후 이 근처에서 유일하게 텔레비전이 있는 다케모토의 집에 모였다. 다케모토의 어머니는 자궁 수술을 받고 아직 입원 중이었다. 사루공은 텔레비전 앞에 앉은 채 움직이려고 하지 않았고 얏짱은 얏짱대로,

"오늘은 엄청 추워. 배도 고프고 다들 돌아올 때까지 여기 있자."

하고 말하며 고타쓰炬燵*로 기어들었다. 그래서 넷이서 가까스로 윤정철이 없어진 고철 적치장으로 향한 것은 사루공과 얏짱이 개개풀어진 눈으로 하품을 하기 시작한 12시 전이었다.

"다들 없어져서 탐정 놀이를 해보려고요."

사루공이 형사에게 말했다. 사루공은 거짓말을 잘했는데, 그래서 종종 따돌림을 당하는 일이 있었다. 하지만 우리는 그때 그의 절묘한 거짓말로 위기에서 벗어났던 것이다. 아무튼 싸구려 공동주택과 판잣집이나 다름없는 연립주택이 밀집해

---

* 숯불이나 전기 등의 열원 위에 틀을 놓고 그 위로 이불을 덮은 난방 기구.

있는 이 지역은 한 달 가까이 이상한 상황이 이어졌고, 형사도 그날 밤 정적에 싸인 이유를 알고 있었다.

"저 사람은 일본인이야?"

형사는 소노코 쪽으로 턱을 치커 올리며 물었다. 우리는 모른다고 대답했다. 실제로 소노코가 일본인인지 어떤지 몰랐던 것이다.

소노코가 사는 연립주택으로 달려간 경찰이 돌아와,

"다섯 세대가 있는데 그중 두 집은 아무도 없고 나머지 두 집은 애들만 자고 있습니다. 전기가 켜진 집이 하나 있는데, 자물쇠가 잠겨 있지는 않지만 아무도 없습니다. 오른쪽에서 두 번째 집입니다."

하고 보고했다. 얏짱은,

"그게 저 사람 집이에요."

하고 엉뚱하게 큰 소리로 외쳤다. 형사는 혀를 차며 경찰에게,

"검시 결과를 기다렸다가 살인이라는 걸 알아도 그때는 이미 늦어."

하고 귀엣말을 했다. 그는 새로이 달려온 형사 세 명과 뭔가를 의논했다. 형사들의 말은 우리에게 단편적으로만 들렸는

데, 조총련이라든가 적십자라든가 니가타 항이라든가 하는 말
이 각각 하얀 입김에 섞여 내 귀에 들려왔다.

"성가신 고별 선물을 남겨놓고 말이야."

그 형사의 말은 마치 소노코가 조국으로 돌아가기 위해 오
늘 밤 오사카 역에서 니가타로 향한 조선인 누군가에게 살해
당했다고 확신하는 것 같았다. 나는 순간적으로, 사이가 좋았
던 최훈의 형 최규일의 각진 턱과 키는 작지만 굵고 짧은 다부
진 목과 널찍한 어깨통이 떠올랐다.

"외상은 없는 것 같습니다. 이마의 찰과상은 쓰러질 때 생
긴 것입니다. 다만 코에서 구토물이 흘러나왔습니다."

검시관의 의견을 듣고 있던 형사가 초조한 듯이 시계를 보
았다. 우리는 한시 바삐 해방되고 싶어서 형사의 얼굴을 올려
다보았다. 근처 주민들이 모여들었다. 그중에서 우리 아버지
와 다케모토의 아버지가 나타났다. 내가 울음을 터뜨리기 전
에 다케모토가 거의 아무도 없는 것에 가까운 연립주택까지
들릴 만큼 큰 소리로 울었다. 다섯 세대가 사는 연립주택에서
애들만 자고 있는 곳은 라면 포장마차를 하는 두 가족이고, 한
곳은 소노코의 집이며, 나머지 두 세대는 같은 조선인이지만
북조선으로 돌아가기로 결정한 최, 김, 윤 등과 서로 으르렁거

렸던 오 씨 일가와 혼자 사는 이 영감이다.

우리 부모님이 운영하는 조그마한 오코노미야키お好み焼き*

가게로 장소를 옮긴 형사는 우리에게 조서를 받았다. 돌아가

려고 할 때 형사는 우리 아버지에게 물었다.

"오사카 역의 상황은 어땠습니까?"

"엄청 혼잡했지요. 북조선으로 돌아가는 사람들보다 기동

대의 숫자가 더 많을 정도였습니다. 우익 선전차는 역 앞에서

꿈쩍하지 않고 있어서 제대로 배웅조차 할 수 없었지요. 그냥

배웅하러 나온 우리한테까지 한국계 사람들이 '배신자'라든가

'공산주의에 사로잡힌 놈'이라고 소리치더군요. 조국으로 돌아

가고 싶은 마음은 어느 나라 사람이나 당연한 거라고 생각하

는데 말이지요."

형사는 담배를 입에 물고 몇 번이고 고개를 끄덕이며,

"니가타는 더 난리였습니다. 엄중한 경계 태세였지요."

하고 말하며 나갔다. 앞으로 열흘만 있으면 크리스마스였

다. 세상은 이와토岩戸 경기**라며 들떠 있지만 산타클로스는 사

---

* 밀가루 반죽에 고기와 야채 등을 넣고 철판에서 구운 요리.
** 일본의 경제사에서 1958년 7월부터 1961년 12월까지 42개월간 지속된 고도 경제성
장 시대의 호경기에 대한 통칭이다.

루공과 얏짱의 머리맡에는 찾아오지 않는다. 사루공, 즉 사루 와타리 유지에게는 부모가 없고 열여덟 살의 누나가 스물한 살이라고 속여 한신전차 아마가사키 역 근처의 카바레에서 일 하고 있었다. 얏짱의 아버지는 2년 전에 모습을 감춰 어머니와 중학교를 막 졸업한 형이 근처의 토목건축 사무소에 날품팔이 형태로 고용되어 그럭저럭 생계를 꾸려나가고 있었다.

다케모토의 아버지는 브로커라고 하는데 대체 무슨 브로 커인지 확실하지 않았다. 다만 최근에는 경기가 아주 좋아진 건지 텔레비전을 구입하고 외국제 시계를 자기 것만이 아니라 아내에게도 사주었다. 그가 돌연 아들의 머리를 손바닥으로 때렸다.

"이렇게 밤늦은 시간에 무슨 짓을 한 거야? 형사한테 의심 을 받아도 변명할 수가 없잖아."

그때까지 말없이, 장식되어 있는 마네키네코招き猫* 옆에 앉 아 있던 얏짱의 어머니와 형이 여기저기가 튼 손을 뻗어 얏짱 의 팔을 잡고 돌아갔다. 얏짱의 어머니는 최규일에게 돈을 빌 렸다가 결국 갚을 수 없어 그 속죄의 의미로 오사카 역으로 전

---

* 앞발로 사람을 부르는 시늉을 하고 있는 고양이 장식물로, 손님이 많이 들어오기를 바라는 뜻에서 가게 앞에 장식해둔다.

송하러 갔던 것이다. 우리 어머니가,

"벌써 한 시 반이야. 그러다가 내일 못 일어난다."

하고 말하며 찻잔을 치우기 시작했다. 다케모토 부자도 돌아가고 사루공만 남았다. 반에서 제일 몸이 작고 신체검사 때 늘 '영양 주의 요망'이라는 스탬프를 받는 사루공이 움츠러든 채 의자에 앉아 바닥만 바라보는 모습은 돌아가라는 말을 두려워하고 있는 듯이 보였다.

"사루쨩도 이제 집에 가야지. 누나가 돌아오면 걱정할 거야."

우리 어머니가 이렇게 재촉하자 사루공은 손톱을 씹으며,

"누나는 오늘 집에 안 들어와요."

하고 중얼거렸다. 나는 부모님의 안색을 살피며,

"최훈이는 기뻐했어요?"

하고 물었다. 사실은 사루공을 오늘 밤 우리 집에서 자고 가게 해도 되느냐고 묻고 싶었지만 차마 그 말을 꺼낼 수 없었던 것이다.

"우리가 아무리 손을 흔들어도 전혀 웃지 않더라. 늘 그렇게 떠들썩하던 녀석이 말이야. 기뻐하는 것은 형뿐이었어."

어머니는 이렇게 말하고 입을 굳게 다물며 사루공을 보았

다. 아버지는 담배에 불을 붙이고 석간신문을 훑어보며,

"니가타는 엄청나게 떠들썩하군그래. 북조선 귀환을 기념해서 조총련이 식수한 버드나무를 우익들이 뽑아버린 모양이야. 출항을 앞두고 기동대 숫자를 갑작스럽게 1,500명으로 늘렸다고 쓰여 있어."

하고 말하며 김 씨에게 받은 밀조 막걸리를 설거지 칸 위의 벽장에서 꺼내 잔에 따랐다. 나는 우익이라는 말이 무슨 말인지도 몰랐고 남과 북조차 구별하지 못했다. 윤정철이 일본인 아내와 헤어지게 된 이유는 그저 왜일까, 하고만 생각할 뿐이었다.

"프롤레타리아라……. 정겨운 말이야. 전쟁 전을 떠올리게 하는군."

이렇게 중얼거리며 신문을 두 번 접어서 오코노미야키 테이블 위로 던지고 아버지는 막걸리를 마셨다. 어머니도 피곤한 듯 아버지와 마주 앉아,

"조선인은 보는 것도 싫다고 했던 다케모토 씨가 왜 또 친절하게 우리와 함께 배웅을 나갔을까요?"

하고 물었다. 아버지는 뭐라고 말하려다가 나와 사루공에게 힐끗 시선을 던지고는,

"사루짱, 오늘은 자고 가. 언제까지고 이야기하지 말고 얼른 자는 거야."

하고 말하자 어머니는 어쩔 수 없다는 표정을 지으며 머리핀으로 머리를 긁고,

"얼른 손 씻어. 남은 이불이 없으니까 둘이 등을 딱 붙이고 감기 안 들게 자."

하고 말했다. 사루공은 히죽 웃고는 나와 함께 부엌에서 손을 씻고 가게와는 얇은 판자 한 장으로 나뉜 다다미 세 장이 깔린 방으로 들어갔다. 한 이불에 들어가 서로의 체온으로 몸을 녹였다.

"다케모토는 말이야, 최규일이한테 약점이 잡힌 거야."

우리에게 들려주고 싶지 않았겠지만 머리를 판자 쪽으로 하고 이불 속으로 들어간 나와 사루공의 귀에는 부모님의 이야기가 잘 들렸다. 나는 눈을 감았다. 그러나 시궁창에 잠겨 있던 소노코의 손가락 끝이 추운 밤의 그윽한 어둠에서 크게 움직여 나는 깜짝 놀라 눈을 떴다.

"소노코와 배가 맞았거든."

"뭐? 다케모토 씨가? 그거 정말이에요?"

"처음에 연애 관계가 시작된 것은 최규일이가 계획한 거야.

그러니까 다케모토는 전형적인 미인계에 당한 셈이지."

"당신은 그 이야기를 누구한테 들었어요?"

"김 씨 할멈한테서. 최규일이는 소노코와의 관계를 끊으려
고 북으로 돌아가고 싶은 거라고, 그게 뻔하다고 하더군. 할멈
은 일본어를 제대로 말하지 못해도 눈을 치켜 올리며 소노코
를 거머리야, 거머리, 라고 했어."

"그럼 역시 소노코는."

어머니의 이 말을 제지하는 것처럼 아버지는,

"그건 경찰이 조사하겠지만 사후약방문이지. 걱정되어 잠
을 이룰 수 없는 사람은 다케모토일 거야. 자신과 소노코의 관
계를 경찰이 알게 되면 아내의 질투로 끝날 소동이 아닐 테니
까. 자신이 의심받을 일이거든."

하고 말하고는 갑자기 목소리를 낮췄다. 나는 고개만 살짝
움직여 베개에 막혀 있는 쪽 귀까지 사용해 아버지의 말에 귀
를 기울였다.

"그렇지만 아무리 생각해도 이상해. 최규일이가 탄 니가타
행 열차는 9시 전에 출발했거든. 최 씨 일가가 적십자가 준비
한 버스로 귀환자 집합 장소로 간 것은 저물녘이었어. 그런데
애들 이야기로는, 소노코가 연립주택에서 나와 골목에서 쓰러

진 것은 자정쯤이었단 말이지. 다케모토도 우리와 함께 오사
카 역으로 갔다가 함께 돌아왔잖아. 죽일 시간 같은 게 없었다
고. 특히 최규일이는 양쪽 나라가 준비해줘서 거머리처럼 들
러붙은 여자의 손이 닿지 않는 곳으로 가버리는 거니까."

"난 소노코라는 그 여자가 어쩐지 불쾌했어요. 젊고 얼굴도
예쁜데 억지웃음 한 번 보여주지 않고 음침하고 또 무슨 일을
하는지도 알 수 없고."

아버지가 한 되짜리 병에서 막걸리를 따르는 소리가 들렸다.

"시궁창 옆에서 죽어 있는 것이 소노코라는 걸 알았을 때
다케모토 씨는 서 있을 수 없을 정도로 무릎이 바들바들 떨었
어. 당신이 내놓은 차를 마시지 않은 건 잔을 들면 떨리는 것
이 형사한테 들통 나기 때문이지. 그걸 보니까 이상하더라고."

이 말에 이야기는 일단락된 것 같았다. 어머니가 옆방으로
들어와 이불을 깔았다. 그러자 사루공이 몸을 뒤쳐 내 등에 가
슴과 배를 붙이는 형태로 속삭였다.

"소노코는 말이야, 보라색 두건이었어."

나는 순간적으로 왠지 무서운 주문의 말을 들은 것 같은
기분이 들어 몸을 긴장시키고 장지문 틈으로 움직이는 어머니
의 그림자를 보고 있었다.

"진짜야. 보라색 두건을 쓰고 오사카 역 뒤에서 점을 치고 있었어. 정말 잘 맞히는 점쟁이였대. 오사카 역 뒤의 보라색 두 건이라고 하면 다들 알고 있을 정도로 유명했어. 사람이 죽는 날까지 맞혔지. 주사위로 점을 쳤대."

사루공은 학교에서 쉬는 시간에 '괴인 킬리만자로'라든가 '마법사·거미 여인'이라든가 하는 엉터리 제목을 붙여 즉흥적으로 이야기를 만들어 들려주는 것이 특기였다. 표정도 풍부하게 했는데, 때로는 눈을 무섭게 흘기기도 하고 이를 드러내기도 하고 손가락으로 재빨리 눈꺼풀을 뒤집기도 했다. 그렇게 해서 몇 명의 등장인물로 둔갑하여 목소리도 바꿔가며 차례로 기상천외한 장면을 만들어내는 것이다. 사루공의 이야기를 듣고 싶어 하는 학생들은 그를 여러 겹으로 둘러싸고 교실 구석에서 복도로, 복도에서 계단으로 이동했다. 이야기의 재미도 그렇지만, 다들 무슨 과목이든 40점 이상을 받아본 적이 없는 사루공이 용케도 그만큼 조리 있게, 그것도 그때그때 이야기를 생각해낸다고 감탄했다. 늘 사루공을 괴롭히는 녀석들도 그때만은 사루공의 이야기에 귀를 기울였다. 4학년 2학기부터 시작된 '괴인 킬리만자로'는 아직 결말에 이르지 못했고 보물을 쫓는 킬리만자로와 명탐정 돈가스 박사와의 사투는 계속되었다. 아무리 시간이 지나도 끝나지 않아서 어느새 다들 진저리를 냈고, 5학년이 끝날 무렵부터는 사루공의 주위에 모이는 수가 줄었다. 그러자 사루공은 레퍼토리를 바꿔 '마법사·거미 여인'을 이야기하기 시작했지만 이야기의 전개가 궁해지자 '괴인 킬리만자로'에서 썼던 악당들을 등장시키기도 했기 때문에 불평을 사서 지금은 일단 중단한 상태였다.

"보라색 두건?"

나는 몸을 뒤쳐 사루공과 코가 붙을 만큼의 간격인 채 어둠 속에서 사루공의 눈을 들여다보았다. 배에서 소리가 났다. 내 배에서 나는 소리인지 사루공의 배에서 나는 소리인지 알수가 없었다.

"정말이야. 나는 오사카 역 뒤에서 보라색 두건을 쓰고 점을 치고 있는 소노코를 봤어. 누나가 영화를 보여주려고 데려간 날이었어."

장지문이 열리고 이 녀석들, 이야기하지 말고 얼른 안 자, 하고 아버지가 야단을 쳤기 때문에 나와 사루공은 황급히 몸의 방향을 바꿔 등을 맞대었다. 내가 머리를 이불 속으로 넣자 사루공도 그렇게 했다.

"거짓말. 또 보라색 두건이라는 이야기를 생각해낸 거지?"

나는 엉덩이로 사루공의 엉덩이를 밀었다.

"거짓말 아니야. 정말 소노코는 보라색 두건이라니까."

나는 자꾸 우스워져 소리를 죽여 웃었다. 웃음은 내 몸을
따라 사루공의 등이나 엉덩이를 찔끔찔끔 쳤다. 이내 사루공
도 웃기 시작해서 이불을 푹 뒤집어쓴 채 서로의 손등을 꼬집
기 시작했다. 숨이 막혀 얼굴을 내밀자 이번에는 잠옷으로 갈
아입은 어머니가 이 녀석들, 하고 호통을 쳤다.

이튿날 학교에서 돌아오자 골목 여기저기에 순찰차가 세
워져 있었다. 아버지는 역시 소노코가 누군가에게 살해당한
것 같다고 말했다. 해부 결과, 소노코의 뇌내출혈이 있고 후두
부에는 주먹으로 맞은 것으로 보이는 흔적이 있었다는 것이
다. 오 씨 일가는 이틀 전 밤중에 다투는 소리를 들었다고 말
했고, 그 이후 소노코가 연립주택에 드나드는 모습을 보지 못
했다고 증언했다. 소노코가 살고 있던 다다미 넉 장 크기의 방
을 샅샅이 조사했고, 더욱 자세한 해부 결과로 구타에 따른 뇌
내출혈은 곧바로 죽음에 이른 것이 아니라 서서히 진행되었
고, 그사이 소노코는 두통이나 구역질을 참으며 방에 틀어박
혀 있었지만 12월 13일 자정 가까운 시간에 결국 견디지 못하
고 밖으로 나와 골목에서 쓰러진 것이라고 단정했다.

경찰의 탐문 조사가 이어지던 저녁에 아버지는 배달된 석간을 소리 내서 읽었다.

"일본이여, 안녕. 북조선 귀환 첫 번째 배, 니가타 항에서 출항. 엄중한 경계 속에 오후 2시 클리리온 호號와 토보르스크 호에 승선한 975명은 부두를 떠났다."

거기까지 읽고는 한숨을 쉰 아버지는 일어나 크게 하품을 하고는 양배추를 썰고 있는 어머니에게,

"이 영감이 다케모토와 소노코의 관계를 경찰한테 말했어. 이 영감은 일하러 가지도 않고 최규일이가 죽었다고 여기저기 떠들고 다니더라고."

하고 중얼거렸다.

"이 영감과 최 영감은 반년 전까지 형제처럼 사이가 좋았는데 말이야."

나는 신문에 실린 사진을 뚫어지게 바라보았다. 배의 갑판에서 저고리를 입고 꽃다발을 든 채 손을 흔들고 있는 젊은 여자가 있었다. 의지할 데 없는 얼굴로 종이테이프를 쥐고 아버지인 듯한 남자에게 기대고 있는 소년도 있었다. 최훈도 최규일도 윤정철도 그 사람들 속에 있을 것이다. 나는 한창 더운 여름날 윤정철의 자전거 뒤에 타고 요도가와까지 낚시를 하

러 간 일을 떠올렸다. 최훈이 던진 공이 가슴께로 뻗어오는 위력을 생각했다. 최훈은 공부 따위 전혀 하지 않는 것 같은데도 늘 반에서 3등 이하로 내려간 적이 없었다.

"윤정철은 사랑하는 아내와 헤어지고 싶지 않았을 거야."

"왜 데려가지 않았을까요?"

어머니의 물음에 아버지는 대답하지 않았다. 가게를 닫으려고 하는 우리 집에 밤늦게 찾아와 오랫동안 울었던 윤정철 아내의 조그마한 얼굴이 뇌리에 떠올라 나는 거리의 시궁창을 바라보았다. 바람이 세져 길에서는 모래 먼지의 작은 회오리가 만들어졌고 그것은 널판장 옆의 골목으로 움직였다.

그 이후에도 형사는 네다섯 번이나 우리 집에 찾아왔다. 다케모토의 아버지는 열흘간 경찰서에서 돌아오지 않았지만, 혐의가 풀리자 사흘도 지나지 않아 이사를 가버렸다.

소노코가 고치현 출신으로 상당한 저금이 있었던 모양이라고 보도되었지만, 보라색 두건을 쓰고 점쟁이를 했다는 이야기는 근처의 누구도 말하지 않았고 신문에도 실리지 않았기 때문에 나는 기회가 있을 때마다, 사루공을

"거짓말쟁이."

하고 놀렸다. 그때마다 사루공은 입을 삐죽 내밀며 무슨 말

인가 하려고 했지만 내가 웃으며 머리를 쿡쿡 찌르자 자기도 킥킥 웃으며,

"오코노미야키 먹고 싶다. 오코노미야키 먹고 싶다."

하고 말하며 내 안색을 살폈다.

반년 가까이 지난 일요일 낮, 사루공이 누나 요시코와 함께 우리 집으로 찾아왔다. 일요일은 가게가 쉬기 때문에 다소 미심쩍은 얼굴로 아버지가 문을 열자 화장기 없는 요시코 옆에 선 사루공이 나를 보며 얼굴을 붉혔다. 요시코는 이따금 주변에 신경을 쓰며, 그동안 신세를 진 인사를 하러 온 것이라고 말했다. 우리는 그때야 비로소 요시코와 사루공이 조선인이라는 사실을 알았다.

가게 안으로 들어오라고 해서 요시코는 사루공과 나란히 의자에 앉았다. 그녀는 얼굴에 비해 지나치게 크다 싶은 눈으로 낮에도 어둑한 가게 안을 둘러보았다. 어머니가 형광등 스위치를 켜고 역시 의아한 듯이,

"어디로 이사 가는 거야?"

하고 물었다. 요시코는 출발하는 날까지 아무에게도 말하지 말아 달라고 부탁하며,

"북조선입니다."

하고 툭 내뱉었다. 사루공은 평소와 다르게 부석부석한 눈을 매섭게 뜨고 마네키네코만 노려보고 있었다.

"그럴 생각은 없었는데 자기 나라로 돌아가는 것이 좋지 않을까, 하는 생각이 들어서요. 게다가 이 기회가 아니면 영원히 돌아갈 수 없게 되니까요."

이야기를 하는 중에 요시코에게는 결혼하기로 한 남자가 있다는 것을 알았다. 조국으로 귀환하는 것은 그 남자의 의지가 대부분을 차지했던 것이다. 요시코는 남자의 이름도, 나이도, 어디에 살고 있는지도 말하지 않았다.

"그래서 언제 출발하는데?"

아버지가 물었다.

"배는 모레 떠나요. 하지만 우리는 오늘 밤 공동주택을 나가서 적십자가 준비해준 회관에서 묵어요."

그리고 요시코는 열차의 출발 시각을 말하고 나서 배가 떠날 때까지 모두에게 비밀로 해달라고 다짐을 받았다. 아버지는 알았다고 대답하고 사루공에게,

"오코노미야키 구워줄까? 아주 싫증이 날 정도로 먹고 가."

하고 말했다. 사루공은 아무런 반응도 보이지 않고 마네키네코를 계속 노려볼 뿐이었다.

그날 나는 집에서 500미터쯤 떨어진 데 있는 탁구장 앞으로 가서 유리창 너머로 탁구공이 오가는 모습을 바라보았다. 탁구장의 2층은 공동주택이었고, 그 한 방에 요시코와 사루공이 살고 있었던 것이다. 나는 집과 탁구장을 몇 번이나 왕복했다. 다섯 번째에 탁구장 안을 들여다보자 요시코가 키 큰 남자와 탁구를 즐기고 있었다. 그 남자를 몇 번인가 본 적이 있었다. 일요일 오후의 공원이라든가 역 앞의 광장에서 둘이 팔짱을 끼고 걷고 있는 모습을 봤던 것이다. 나는 유리창에 이마를 대고 사루공을 찾았지만 보이지 않았다. 탁구장 옆의 계단으로 올라가 사루공이 사는 방으로 가려고 몇 번이나 생각했는지 모른다. 하지만 내가 그렇게 하지 않은 것은 일본인이라고만 생각했던 요시코, 그것도 모레 일본을 떠난다는 요시코의 기이하게 떠들어대는 모습에 마음을 빼앗겼기 때문이다. 아무튼 탁구에 서툴러서 느린 공에도 라켓을 맞추지 못했다. 헛스윙을 하고는 몸을 꺾으며 웃고, 간신히 맞은 공이 옆 탁구대로 날아가자 깡충깡충 뛰어오르며 죄송합니다, 하고 말하며 웃었다. 요시코와 남자가 접수대에 라켓을 반납하고 요금을 지불하는 걸 보고 나는 집으로 돌아왔다.

이튿날 나는 어머니와 함께 오사카 역으로 갔다. 우익 선전차도, 북조선으로 돌아가는 사람들을 매도하는 사람도 없었다. 하지만 경찰 수는 확실히 많았는데, 누가 봐도 형사라는 걸 알 수 있는 남자들이 구내에도 개찰구에도 플랫폼에도 보였다. 니가타행 열차 두 량을 귀환자를 위해 전세를 냈고 역 어딘가의 대합실에서 대기하고 있던 일단이 열차에 탈 때까지 다른 승객도, 전송 나온 사람들도 경찰이 지시하는 장소에서 벗어날 수 없었다. 나는 어머니 어깨를 잡고 몇 번이나 발돋움해서 사루공을 찾았다. 다른 승객이 다 타고 나서 드디어 전송 나온 사람들은 전세 낸 차량 앞으로 안내되었다. 창 너머로 껴안고 우는 사람들 사이를 누비며 나는 열차 창을 들여다보며 나아갔다. 어머니가 나를 부르며 손을 흔들었다. 요시코와 사루공은 플랫폼과는 반대쪽 좌석에 앉아 있었기 때문에 모르고 지나쳤던 것이다. 젊은 아가씨는 대부분 저고리를 입고 있었는데 요시코는 하얀색 반팔 원피스를 입고 있었다. 요시코의 결혼 상대는 탁구장에 있던 남자가 아니었다. 이지적인 눈을 자주 움직이는, 심약해 보이는 청년이었다. 갑자기 사루공의 모습이 사라졌다. 그는 열차 승강구에서 얼굴을 내밀고 나를 불렀다. 나는 경찰 몇 사람의 몸에 부딪치며 사루공이 있는 데로 가서,

"괴인 킬리만자로의."

하고 말했지만 사루공이 난간을 붙잡고 몸을 내밀었기 때문에 입을 다물고 귀를 내밀었다.

"나, 거짓말쟁이가 아니야. 보라색 두건은 진짜거든. 다들 거짓말쟁이, 거짓말쟁이, 하는 것은 참을 수 없어."

하고 사루공은 말했다.

"정말 소노코는 보라색 두건이야. 내가 보라색 두건을 묻었거든."

"묻었다고?"

"응. 학교 후문에 있는 커다란 쓰레기통 옆이야. 화단이 있지? 그것과의 중간쯤이야."

내가 대꾸하기 전에 사루공은 자신의 자리로 뛰어 돌아가서는 발차할 때까지 얼굴을 반대쪽 플랫폼으로만 향하고 있었다. 열차가 움직인 순간 사루공은 일어나 조금도 웃지 않고 군인을 흉내 내며 내게 경례를 했다.

결심을 하고 내가 사루공이 말한 장소에 다가간 것은 그들이 탄 배가 출항한 다음다음 날의 방과 후였다. 화단과 쓰레기통 사이의 폭은 40센티미터쯤밖에 안 되었다. 전날 내린 비로 땅은 부드러워져 있었다. 나는 주위를 둘러보고 학교 건물을 올려다본 후 삼각자로 흙을 팠다. 누군가가 지나가자 가방으로 구덩이를 가렸다. 흙투성이로 변색한 천이 보였다. 일부분을 손가락으로 집어 당기자 의외로 간단히 천이 흙속에서 빠져나왔다. 아직 보라색 부분을 많이 남아 있었고 뭔가를 싸고 있었다. 나는 두근두근한 심정으로 매듭을 풀었다. 작은 도자기 잔과 주사위 다섯 개, 텅 빈 지갑 세 개가 보라색의 긴 천 안에서 나타났다. 나는 떨리는 손으로 서둘러 그것을 다시 묻었다. 다 묻고는 운동화로 흙을 단단히 밟았다. 누군가 보고 있지 않을까 하는 생각에 사로잡혀 책가방과 삼각자를 좌우 손에 들고 후문으로 나왔다. 하늘을 보자 다시 비가 쏟아질 것 같아서 상황을 살피며 다시 돌아가 더욱 단단히 흙을 밟아 다졌다.

쿤밍·원통사 거리

날이 저무는 시간이 빨라서 아직 네 시도 안 되었는데 거리는 푸른빛을 띠어갔다. 11월의 중국은 틀림없이 추울 거라고 생각했는데 윈난성 쿤밍은 베트남과의 국경까지 남쪽으로 200킬로미터, 미얀마와의 국경까지 서쪽으로 400킬로미터쯤 떨어져 있어 손에 든 방한 코트가 무거워 견딜 수가 없었다.

호텔 창문으로는 다른 동의 식당 옆에 있는 검은 흙의 광장 한 모서리가 보였다. 주위가 널판장으로 둘러싸여 있는 광장 안에는 벽돌로 만든 굴뚝과 낮은 함석지붕, 그리고 갈색 물웅덩이가 있었다. 함석지붕이 아무래도 닭장인 것 같아서 나는 '전략前略'이라고만 쓰고 그 뒤를 잇지 못하고 있는 편지를 내버려두고 창가로 가서 섰다. 그러자 지금까지 널판장에 가려 보이지 않았던 남자의 상반신이 나타났다. 남자는 긴 앞치

마를 두르고 닭의 목을 비틀고 있다.

한 손으로 닭의 다리와 날개를 잡고 다른 손으로 목을 꺾고 나서 경동맥을 식칼로 잘랐다. 솜씨가 좋아서 처음에는 뭘하고 있는지 몰랐던 것이다. 닭에 뭔가 표시를 하고 광장에 놓아주는 것처럼 보였는데, 열 몇 마리의 닭은 물웅덩이 주위에 너부러져 일어서려고 마구 날개를 치며 휘우뚱거리다가 이내움직이지 않게 되었다.

호텔 부지가 넓어서 내 방에서는 원통사圓通寺의 지붕도, 원통사 거리의 흥청거림도 보이지 않았다. 쿤밍의 중심지에서 북쪽으로 뻗은 원통사 거리는 완만한 곡선을 그리며 호텔 앞으로 이어졌는데, 선종禪宗의 고찰로 알려진 원통사 앞에서 갑자기 도로 폭이 좁아졌다. 예전에는 절 앞에 생긴 거리로 활기를 띠었을 것이다. 그리고 그 활기는 틀림없이 지난 2, 3년간 중국의 경제 정책이 변함에 따라 다시 되살아났을 것이다. 원통사 문 앞에 이르는 길 양쪽에는 여러 노점이 장사를 하고 있다. 채소, 과일, 막과자, 수선화의 구근, 신발, 메추라기, 낡은 가재도구, 갈치 비슷한 생선, 살찐 닭, 일용잡화, 분재……. 없는 것은 생고기류를 파는 가게뿐이다. 위생적인 문제로 생고기만은 특별한 허가를 받은 가게에서만 판매되는 것이다.

나는 꽤 오랫동안 남자가 닭을 목 졸라 잡는 모습을 지켜 봤지만, 작은 책상으로 돌아가 펜을 쥐었다.

한 번도 병문안을 가지 못하고 중국으로 여행을 왔네. 이제 막 윈난성의 쿤밍에 도착한 참이지. 용태는 자네 안사람에게 전화로 들었어. 마침 중국으로 오기 닷새 전에 그때까지 정리 해야 할 일이 있어서 '한번 병원에 가서 활기를 불어 넣어줘 야 하는데'라고 생각하면서도 비행기를 타고 말았다네.

아무튼 단숨에 이렇게 쓰고, 거기서 앞으로 더 나아가지 못 하고 말았다. 내 편지가 도착하기 전에 이시노 히데쓰구가 죽 을지도 모른다, 하는 생각이 강하게 들었던 것이다. 어쩌면 이 시노는 이미 죽은 게 아닐까. 베이징에서 쿤밍으로 오는 비행 기 안에서 황하를 눈 아래 두었을 때 갑자기 그런 예감이 들었 다. 내가 본 황하는, 산이라기보다는 연이은 거대한 바위 봉우 리를 누비며 회색으로 빛나고 있었다. 아무리 눈을 집중해도 그 부근에서는 단 한 채의 인가도 발견할 수 없었다.

닭을 목 졸라 죽이는 남자를 향해 어린아이가 달려왔다. 젓 가락을 꽂은 밥사발을 두 손으로 안고 있다. 내 방에서는 그

어린애가 남자아이인지 여자아이인지도 판별할 수가 없었다. 남자는 닭의 목을 자르는 식칼을 쳐들고, 어린애에게는 오지 말라며 제지하는 것 같았다. 벽돌 굴뚝에서는 연기가 피어오르기 시작하고, 거리의 파란 빛은 더 진해졌다.

누가 문을 노크해서 통역인 Y 씨가 문 너머로,

"이제 슬슬 원통사 구경을 갈 시간인데요."

하고 말했다. 나는 어깨에 걸치는 작은 가방에 쓰다 만 편지지를 넣고 복도로 나왔다. 친구들은 이미 원통사를 구경할 준비를 해놓고 계단 있는 데서 나를 기다리고 있었다.

"갈 때는 차로, 돌아올 때는 걸어오기로 했습니다."

Y 씨는 이렇게 말했다. 널찍한 호텔 부지를 나간 차는 원통사 거리로 들어가 오른쪽으로 꺾었다. '유성반점'이라는 이름의 싸구려 여인숙이 있었다. 원통사 거리는 거기서부터 도로 폭이 좁아져 차 한 대가 지나가려면 자전거를 탄 사람들이 양 옆으로 바짝 붙어야 했다. 리어카나 마차는 아무리 바짝 붙어도 차가 지나갈 공간이 생기지 않기 때문에 우리는 사람이 걷는 속도로 나아갔다. 그 좁은 길에는 다양한 가게가 있었다. 막과자 가게에는 엿이 든, 입구가 넓은 사각 병이 진열되어 있었고, 학교가 파해 돌아가는 초등학생들이 입구 문지방에 걸

터앉아 차 안의 우리를 들여다보았다. 이렇게 좁은 길을 경적을 울리며 차로 지나가는 것은 무척 난폭한 일이고 불합리한 행위가 틀림없었다. 이렇게 생각하며 나는 원통사 거리의 사람들과 눈을 마주치지 않으려고 했다.

원통사의 문 앞에는 차를 주차할 수 있는 광장이 있었고, 절의 붉은색 기둥은 황혼과 잘 어울려 그곳만 시간이 비껴간 듯한 느낌이었다. 나는 왠지 절 구경이 귀찮아져서 원통사 거리에 조그만 찻집이 있다면 거기서 차라도 마시며 있고 싶었다. 어떤 말이라도 좋다, 내 나름대로 이별의 마음을, 이시노에게 보내는 편지 안에 새겨놓고 싶었다. 이시노가 이미 죽었다고 해도 그건 그것대로 좋지 않을까…….

초등학교 때 나는 좁은 원통사 거리와 아주 비슷한 곳에서 이시노와 흙투성이가 되도록 놀았다. 아마가사키 시市의 역 뒤, 밤이 되면 십여 명의 창부가 늘어서는 좁은 길에 낮 동안 어디서랄 것도 없이 찾아오는 사람들이 노점을 열었다. 단 세 켤레의 구두를 받침대에 올려놓고 말없이 앉아 있고, 바나나를 파는 남자가 침을 뱉고, 말도 못하는 여자가 속옷을 팔고, 우리와 그다지 나이 차가 나지 않은 형제가 다코야키たこ焼き*를 구웠다. 불과 두 평밖에 안 되는 곱창구이집에서는 불량배

들의 말다툼이 끊이지 않았고, 낙태가 본업인 산부인과 의원은 늘 유리문이 닫혀 있어 여자들은 뒷문으로 드나들었다. 이시노의 아버지가 운영하는 인쇄소는 거리 끝에 있었는데 기계가 움직이는 날은 좀처럼 없었다. 코가 크고 눈초리가 내려간 이시노 히데쓰구는 말더듬이는 아니었지만 탁음을 발음할 때면 반드시 말이 멈췄다. 특히 '가기구게고がぎぐげご'와 '다지즈데도だぢづでど'를 발음할 수 없었기 때문에 교사는 일부러 이시노를 일어나게 해서,

"학교를 무단으로 결석하는 사람은 쓸모없는 놈이다がっこうをむだんでやすむにんげんはだめなやつだ."

라는 문장을 몇 번이고 몇 번이고 말하게 했다. 불그레한 얼굴의 이시노는 더욱 빨개지고 이마에 땀이 맺힌 채 교사가 한 말을 반복했다. 하지만 맨 처음 단어가 나올 때까지 5, 6분이 걸린다. 맨 마지막의 '다'를 말했을 때 이시노의 정신은 방향을 잃고, 얼굴은 땀과 눈물로 범벅이 되고, 몸은 책상과 함께 흔들렸다. 급우 중 누군가가 비웃는 것을 보면 이시노는 책받침을 던지고 연필을 던지고 그 녀석에게 다짜고짜 덤벼들어

---

* 밀가루 반죽에 문어와 파 등을 넣고 한입 크기의 공 모양으로 구운 음식.

결국 같은 말을 두 번 세 번 말하는 처지가 되었다. 이 교사의 애정 없는 특훈은 이시노의 언어 장애를 더한층 심하게 했다. 나와 이시노는 책가방을 한쪽 어깨에 걸치고 아마가사키의 역 뒤로 돌아오면 '오카메* 거리'라 불리는 좁은 길 앞에서,

"학교를 무단으로 결석하는 사람은 쓸모없는 놈이다."

하고 즉흥적으로 가락을 붙여 노래했다. 누가 어떤 이유로 그곳에 '오카메 거리'라는 이름을 붙였는지를 아는 사람은 없었다. 하지만 오카메 거리 바로 앞까지 돌아오자 이시노는 탁음 부분에서 다소 멈칫거리기는 했지만, 듣고 있어도 거의 의식하지 못할 만큼 매끄럽게 말할 수 있었다.

"그래, 그래. 그렇게 노래하듯 말하면 되는 거야."

내가 이렇게 말했다.

"하지만 노래하듯 말하면 담탱이는 화를 낼 거야."

이시노는 오카메 거리 입구에 옛날부터 깨진 채 방치되어 있는 커다란 너구리 장식물에 걸터앉아 근처의 놀이 친구들이 모여드는 것을 기다렸다.

오카메 거리와 그 주변은 전쟁 후 혼잡하게 생긴 개미굴

---

* 추녀의 대표적인 얼굴의 탈로, 둥근 얼굴에 광대뼈가 불거지고 코가 납작한 여자를 말한다. 또한 오카메 우동이나 오카메 소바의 줄임말로 쓰이기도 한다.

같은 곳이었다. 하나의 골목은 다른 곳으로 나갈 수가 없었다. 반드시 오카메 거리로 돌아오게 되어 있다. 그 골목에는 판잣집 민가가 밀집해서 1960년대가 되어도 집에 가스가 없어 연탄으로 밥을 짓고 생선을 굽고 난방을 했다.

　나와 이시노는 중학교도 고등학교도 같은 학교를 다녔다. 머지않아 역 주변의 개발 공사로 오카메 거리도, 골목도 모습을 감췄고 나는 오사카로 이사를 갔다. 하지만 이시노 인쇄는 원래 자리에서 장사를 계속했고, 고등학교를 중퇴한 이시노가 아버지를 도왔으며 직원도 다섯 명으로 늘었다. 내가 대학을 졸업한 무렵, 이시노는 결혼하여 금세 세 딸의 아버지가 되었다. 술을 너무 많이 마시기는 했지만 아내에게 꼼짝 못하는 부지런한 남편이 되어 화목한 가정을 꾸렸다. 그런 이시노가 중증 당뇨병으로 입원한 것은 1년 전이고, 당뇨병보다 더욱 심각한 병이 발견된 것은 그로부터 3개월 후였다. 골수성 백혈병이었다. 본인에게는 체중 감소도, 현기증도, 심한 권태감도 모두 당뇨병 때문이라고 말해두었지만 의사는 잘해야 앞으로 2, 3주일 거라는 선고를 내렸다. 이시노의 아내는 전화 목소리에 억양이 없었다. 그녀는 침대에서 일어날 수 없게 된 남편의 말을 내게 전했다.

"중국에 가면 당뇨병에 잘 듣는 한약 좀 많이 사다줘."

내가 절 구경을 그만두고 원통사 거리를 혼자 걷고 싶다고 말하자 친구들은 이해해주었다. 혼자가 되어 문 앞에서 직접 만든 과자를 팔고 있는 여사 근처로 가자 Y 씨가 뒤에 서 있었다.

"중국어 통역을 해줄 사람도 있습니다."

Y 씨는 이렇게 말하고,

"저도 절 구경은 질색이거든요."

하며 미소를 지었다.

"어슬렁거려볼까요?"

나는 이렇게 말했다. 나와 Y 씨는 호텔과 반대 방향으로 나란히 걷기 시작했다. 도로 폭은 5미터쯤밖에 안 되고 거친 아스팔트 여기저기가 패여 있었다. 리어카에 석탄을 실은 젊은 이가 사람들에게 말을 걸며 지나갔다.

"차가 와요, 차가 와요, 하고 말하는 겁니다."

Y 씨가 통역해주었다. 쿤밍을 방문하는 것이 두 번째라는 Y 씨는, 중국에 수백만 명이나 되는 소수민족이 있는데 그중 70퍼센트가 윈난성에 살고 있다고 설명해주었다. 원통사 거리에 즐비한 건물은 모두 작고 단층이 많았다. 콘크리트 건물도 있는데 옅은 파란색이나 노란색 페인트를 칠했고, 내림도 비

줍고, 입구에는 연탄불을 피우기 위해 풍로風爐에 바람을 불어넣기도 하고 부채를 부치고 있는 노파의 모습도 있었다. 뱀장어를 파는 여자가 나를 보고 말을 걸며 두툼한 뱀장어를 익숙한 손놀림으로 손질하기 시작했다.

갑자기 사람의 왕래가 많아졌다. 일을 끝낸 사람들이 자전거를 타고 집으로 돌아가기 시작한 것이다. 말이 끄는 마차의 짐칸에 가족을 태우고 지나는 농민도 있었다. 벽돌담이 있는 곳에 많은 사람들이 모여 있었다. 긴 담뱃대를 입에 문 노인이 벽돌담을 바라보며 뭐라고 중얼거렸다. 벽에는 빨간색과 파란색과 흰색 분필로 쓴 글씨가 빽빽이 쓰여 있다. 제목은 Y 씨에게 통역을 부탁하지 않아도 대충 의미를 이해할 수 있었다. '한 청년 의사가 타락한 경위.' 아무래도 그 청년 의사는 원통사 거리에서 개업했던 모양이다.

"젊은 여자 환자에게 나쁜 짓을 한 모양이네요."

본문에 눈을 주며 Y 씨가 말했다.

"머지않아 여자의 몸뿐만 아니라 부당하게 많은 진료비를 받아 돈을 버는 방법을 배웠다. 돈을 벌자 더더욱 여자를 찾게 되었고, 얼마 후 이 악순환이 장래가 촉망되던 청년 의사를 돈과 색에 미친 악귀로 타락시켰다…… 의사의 독이빨에 걸린

여성의 증언도 쓰여 있네요."

그러고 나서 Y 씨는 한 중국인에게 청년 의사가 이 근처에 살았느냐고 물었다. 여러 명의 중국인은 일제히 고개를 끄덕이며 벽돌담 건너편을 손으로 가리켜며 무슨 말을 했다.

"이 뒤에 그의 의원이 있답니다."

연탄 연기에 눈이 따가워 나와 Y 씨는 다시 걷기 시작했다. 어디에도 찻집은 없었다. 차만 마실 수 있는 가게는 지난 수년 사이에 상당히 줄었다고 Y 씨는 말했다.

"이 거리를 빠져나가면 넓은 길이 나오는데 거기에 버스 정류장이 있습니다. 거기서 왼쪽으로 가면 동물원이 있지요."

나보다 여덟 살 많아 올해 마흔일곱이 되는 Y 씨는 쓰촨 대학을 졸업했다. 그의 나이로 보면 그 당시 일본인이 중국의 쓰촨 대학에 유학하는 일은 틀림없이 아주 어려웠을 것이다. 중국과 일본은 아직 국교를 회복하지 않은 상태였기 때문이다.

"외무성에는 몇 번이나 찾아갔는지 모릅니다. 머지않아 형사가 우리 집을 감시하기도 했지요."

Y 씨는 이렇게 말하며 희미하게 웃었다. 사람의 왕래가 적으면 원통사 문 앞에서 버스 정류장이 있는 넓은 길까지는 천천히 걸어도 10분이 채 안 걸릴 것이다. 하지만 저물녘의 원통

사 거리는 골목에서 뛰어나오는 아이들이나 리어카, 마차, 자전거를 타고 귀가를 서두르는 사람들로 북적였고, 게다가 연탄 풍로에 주의해야 해서 자꾸 멈춰 서느라 앞으로 쉬이 나아가지 못했다.

가루비누만을 파는 가게가 있다. 가게에는 비닐봉지에 넣은 가루비누와는 별도로 드럼통 하나가 놓여 있다. 거기에는 무게를 재서 파는 가루비누가 담겨 있다. Y 씨는 시계를 보며,

"슬슬 돌아갈까요?"

하고 말했다. 그러나 나는 어딘가 가게로 들어가 이시노에게 보낼 편지를 쓰고 싶었기 때문에,

"차만 마실 수 있는 가게를 찾아보겠습니다."

하고 대답했다.

"부탁하면 차만이라도 괜찮다는 가게도 있겠지요."

이렇게 말한 그는 인파를 거스르며 돌아갔다. 광명반점이라는 식당을 들여다보았다. 민물고기 토막, 닭고기, 모래주머니를 얇게 썬 것을 법랑 그릇에 담아 늘어놓고 있다. 등받이가 없는 나무 의자와 낮은 테이블 두 개가 있을 뿐인 식당이었다. 일을 마치고 돌아가는 손님 세 명이 부글부글 끓고 있는 냄비 앞에서 차를 마시고 있다. 벽에는 아직 재작년 달력이 붙어 있

다. 젊은 여주인이 웃는 얼굴로 뭔가 말하며 법랑 그릇을 들었
다. 나는 손을 좌우로 흔들며 수첩에 '茶(차)'라고 적었다. 차만
마시고 싶다는 것을 알리는 데 5분쯤 걸렸다. 여주인은 난감한
듯한 얼굴로 손님 세 명과 이야기를 나누고는 뭐, 아무튼 앉으
세요, 라는 표정으로 재촉했다. 인민복을 입고 인민모를 쓴 손
님들은 가게 안쪽에 앉은 나를 보고 여주인에게 무슨 말인가
를 했다. 그러고 나서 몸을 뒤로 젖히며 웃었다.

나는 가방에서 쓰다 만 편지지와 펜을 꺼냈다. 차가 내 앞
에 놓였기 때문에 나는 지폐 몇 장을 꺼냈다. 여주인은 2펀分짜
리 지폐 한 장을 집고는 악의 없는 웃음소리를 냈다. 아마 차
만 마시는 손님은 없을 것이다. 뭔가 먹을 것을 주문하면 차는
공짜로 몇 잔이든 마실 수 있다. 1자오角인 고기만두를 시키면
좋았을 것이다.

"차만이라니, 나는 돈을 받을 수 없어요."

"괜찮잖소. 2펀쯤 받아두시오."

여주인과 손님 사이의 대화를 나는 멋대로 이렇게 상상했
다. 나는 뜨거운 차를 한 입 홀짝이며 편지를 이어서 썼다.

오카메 거리를 기억하고 있나? 나는 지금 원통사 문 앞에 있

는 좁은 상점가를 걷다가 한 식당에 들어와 차를 마시고 있네. 원통사 거리라는 것이 이 거리의 이름인데, 나는 마치 30년 전의 오카메 거리로 돌아온 것 같은 기분이네. 바나나 장수도 있고 바느질집도 있지. 석탄을 실은 리어카를 끄는 기운 좋은 젊은이도 있고, 인생을 버린 듯한 얼굴로 길에 시선을 떨어뜨리고 있는 생선 장수도 있어. 그리고 연탄이 풍로 안에서 피어오르고 있지. 밤에 창부는 서 있지 않겠지만 그 이외에는 모든 게 오카메 거리 그대로야. 거기에 공부벌레 쓰토무가 있네. 거기에 울보 요시코가 있네. 세탁소 다카짱이 아버지에게 머리를 맞아가며 마지못해 일을 돕고 있기도 하지. 나는 정말 이런 생각을 하며 원통사 거리를 걸었다네.

메추라기 몇 마리가 들어 있는 철망을 든 남자가 원통사 거리에 서서 광명반점 여주인에게 말을 걸었다.

"팔고 남았는데 싸게 해줄 테니 사지 않겠소?"

표정과 몸짓으로 남자의 말을 나는 이렇게 해석했다. 새삼 어둑한 가게 안을 둘러보았다. 같은 문장이 쓰인 종이 몇 장이 붙어 있다. 베이징의 거리에서도, 쿤밍의 비행장에서도 본 문장이었는데, 일본인이라면 대부분 이해할 수 있는 표어였다.

'가래를 뱉지 마시오.' 메추라기를 파는 남자는 여주인에게 거절당하자 가게 앞에 소리를 내며 가래를 뱉었다. 여주인의 표정이 험악해졌다. 그때 나는 문득 이시노가 모는 오토바이 뒤에 타고 개통한 직후의 메이신 고속도로를 마구 달렸던 밤을 떠올렸다.

여름방학에 접어든 직후였다. 이시노는 뜨거운 증기로 휩싸인 것 같아 잠을 이룰 수 없는 밤, 우리 집으로 찾아왔다. 창문으로 살짝 얼굴을 내민 나에게 이시노는 오토바이에 걸터앉은 채,

"메이신을 달려보지 않을래?"

하고 목소리를 죽여 말했다.

"벌써 10시야."

"그러니까 차도 적을 거 아냐."

"그 오토바이, 어디서 났어? 산 거야?"

"근처 아저씨한테 빌렸어."

나는 내키지 않았지만 이시노는 집요하게 불러냈다. 나를 꾀어내기 위해 아마가사키에서 오사카의 후쿠시마구區까지 일부러 찾아온 것이 수상했다. 나는 바람을 쐬러 나가는 척하며 계단을 내려갔다.

"이바라키의 인터체인지까지 국도로 가서, 거기서 메이신 고속도로로 아마가사키까지 돌아오자."

이시노는 오토바이 핸들을 두드리며,

"신품이야. 125시시지."

하고 말했다. 내가 왜 이시노가 모는 오토바이를 탔는지, 아무리 해도 그때의 내 마음을 떠올릴 수가 없었다. 돌아오는 것은 분명히 밤 1시가 넘은 시간일 텐데, 부모님에게 꾸중을 들을 것도 걱정하지 않고 그 권유에 응했던 것이다. 그는 이바라키까지 솜씨 좋은 핸들 조작으로 국도를 달렸고 신호등에 멈출 때마다,

"학교를 무단으로 결석하는 사람은 쓸모없는 놈이다."

하고 말했다. 어느 탁음 부분에서도 막히지 않았다. 이시노의 입에서 말은 매끄럽게 흘러나왔다.

"너, 제대로 말할 수 있게 된 거야?"

그는 끝내 무슨 일인가를 해낸 용감한 사람으로 변해 있었다.

"어때? 얼마든지 말해주지, 가기구게고, 다지즈데도. 어때? 그 담탱이처럼 탁음만 있는 심술궂은 말을 생각해봐."

"어떻게 갑자기 말할 수 있게 된 거지?"

"그동안 왜 말하지 못했는지 내가 생각해도 신기해."

나는 괴성을 지르며 이시노의 머리를 뒤에서 몇 번이고 두드렸다. 이시노도 오토바이를 달리며,

"가기구게고. 다지즈데도. 학교를 무단으로 결석하는 사람은 쓸모없는 놈이다."

하고 큰 소리로 외쳤다. 고속도로로 들어서자 이시노는 오토바이의 속도를 올렸다.

"이봐, 지금 140킬로미터야."

"그 이상은 올리지 마."

나는 두 팔로 이시노의 허리를 두르고 장거리 트럭을 추월할 때마다 몸에 힘을 주었다. 이시노는 이바라키에서 아마가사키 인터체인지까지 25분만에 달렸다. 요금소에서 통행료를 지불하고 오토바이를 국도로 이어지는 길에 세운 이시노와 나는 입 안의 모기를 뱉어내기 위해 침을 뱉었다.

"몇 마리는 삼키고 말았어."

나는 웃으며 말했다. 이시노는 풀숲에 하늘을 보고 누워 손과 발을 파닥거리며,

"가기구게고!"

하고 외쳤다. 그리고 드러누운 채,

"나, 학교 그만둘 거야."

하고 말했다.

"아버지는 장사가 서툴러. 내가 영업을 해서 단골을 늘릴 거야. 나는 말을 잘하니까."

"그래. 너는 뭐든지 말할 수 있어. 만담가도 될 수 있을 거야. 얼굴도 못생겼으니까 만담가에 어울려. 이봐, 이시노, 만감가가 돼봐."

하지만 입 안의 모기를 뱉어내고 오토바이의 시동을 건 이시노는 멍하니 나를 쳐다보았다. 눈초리가 처진 눈을 밤하늘로 향하고 나서 이렇게 말했다.

"안 되겠다. 펑크야."

오토바이의 앞바퀴 타이어가 펑크 나 있었다. 우리는 고속도로 통행료밖에 갖고 있지 않았다.

"왜 펑크가 난 거지?"

수리비만 걱정하는 내게 이시노는 이렇게 말했다.

"왜 오토바이를 세워두었을 때 펑크가 난 걸까?"

이시노는 터벅터벅 요금소까지 걸어가 수리점이 어디에 있는지를 묻고는 입을 반쯤 벌린 채 말없이 오토바이를 밀며 걸었다. 나도 점차 이시노가 입을 다물고 있는 의미를 알게 되었다. 시속 140킬로미터로 고속도로를 마구 달리고 있는 오토바이의 앞바퀴가 펑크 나면 대체 어떻게 될까? 그리고 대체 왜 타이어는 길가에 세워두었을 때 펑크가 난 걸까?

우리는 수리점 주인에게 면허증을 보여주며 사정을 말하고, 내일 반드시 요금을 지불하러 오겠다고 약속하고는 수리를 받았다. 나를 집으로 데려다주는 도중에 이시노는 딱 한 번,

"틀림없이 죽었을 거야. 나도 너도."

하고 중얼거리며 두 번 다시 '가기구게고, 다지즈데도'를 입에 담으려고 하지 않았다.

광명반점은 손님으로 가득 찼다. 차만 마시는 손님인 나는 있기가 거북해져, 부글부글 끓는 냄비에 민물고기 토막이나 모래주머니를 넣고 그것을 양념장에 찍어 먹고 있는 사람들을 바라보았다. 빈 우유병을 든 소년이 광명반점 앞을 지나갔다. 소년의 어깨는 파랬다. 나는 손님들의 얼굴 사이로 원통사 거리를 바라보았다. 빨간 벽돌집 옆에 골목이 있고 석탄 창고의 문이 열려 있었다. 일하고 있는 청년의 등도 파랬다. 아마 원통사 문 앞에서 대로로 이어지는 원통사 거리의 좁은 일대에는 석양이 비치지 않을 것이다. 이 나라에서는 자전거와 가격이 같다는 말이 지친 눈을 길바닥에 떨어뜨리고 있었다. 당나귀와 체형이 똑같았지만 얼굴은 역시 말의 얼굴이었다. 그 말의

등도 검푸르게 빛났다.

나는 원통사 구경을 끝낸 친구들이 이제 슬슬 밖으로 나올 시간이라고 생각했다. 이시노에게 보내는 편지는 다 쓰지 않았지만, 나는 편지지를 가방에 넣고 나무 의자에서 일어났다. 광명반점의 여주인은 남아 있는 차를 보고 웃는 얼굴로 말을 걸어왔다. 주위에 있는 손님들 몇 명도 내게 무슨 말을 했다. 가게가 혼잡해졌으므로 마음이 불편해져 차를 마시다 말고 나가려 하는 건가. 그렇게 마음 쓸 필요 없다. 천천히 차를 마시고 가면 된다. 이렇게 말해주는 것이다.

기름기 없는 긴 머리의 청년도, 고르지 못한 누런 치아의 노인도 젓가락 통에서 나를 위해 젓가락을 집어주며 냄비의 음식을 같이 먹자고 권했다. 나는,

"셰셰謝謝, 셰셰."

하고 고맙다고 말하고는 손목시계를 가리키며,

"친구가."

하고 일본어로 말하다 말고는 순간적으로 입을 다물었다. 친구가 죽었을지도 몰라서……. 목소리를 내면 무심코 이렇게 말해버릴 것 같은 기분이 들었던 것이다. 콘크리트 바닥에 서서 물웅덩이를 피해 광명반점에서 원통사 거리로 가랑이를 크

게 벌리고 성큼성큼 나갔다가 몇 대의 자전거 무리에 휩쓸렸고, 이어서 마차의 짐칸에 부딪혔다. 잠깐 동안 나는 자신이 뭘 하고 있는지 알 수 없었다. 마차 뒤에는 다른 자전거 무리가 다가왔고, 그 뒤에는 또 마차 두 대가 이어서 왔다. 모두가 내게 말을 했다.

"길가로 물러서지 않으면 위험해요."

"우물쭈물하다가는 큰일 나요."

이렇게 말하는 것 같았다. 나는 황급히 좁은 길가로 붙어 거의 무의식적으로 빨간 벽돌담을 따라 난 골목으로 발을 들여놓았다. 석탄이 뿌려진 골목은 10미터도 안 가 막다른 곳에 이르렀다. 노파가 마른 풀을 돗자리에 늘어놓고 앉아 있다. 뭐에 효과가 있는지는 모르지만 한약재인 듯 희미하게 약초 특유의 냄새가 났다.

낮은 담 너머로 민가를 들여다보자 열두세 살의 소년이 주눅이 든 표정으로 기둥에 기대어 어머니에게 꾸중을 듣고 있다.

"가기구게고, 그것도 말 못 해? 그까짓 걸로 왜 학교에 가는 게 싫은데, 이 바보 같은 놈!"

어머니에게 꾸중을 들을 때마다 이시노는 소리를 내서 울었다. 그는 초등학교 6학년인데도 정색을 하며,

"나, 죽고 싶어. 학교에 안 가는 게 안 된다면 그냥 죽고 싶어."

하고 어머니에게 호소했다. 그때마다 귀가 빨개질 만큼 뺨을 맞았다. 그런 그가 어떤 방법으로 자신의 언어 장애를 극복했는지 나는 끝내 물어보지 않았다. 그의 모호한 대답대로 어느 날 신기한 일이 생겨 갑자기 술술 말할 수 있게 되었는지도 모르고, 남모르게 자기 훈련을 거듭해왔는지도 몰랐다. 그런 이시노의 엄청난 기쁨과 그것에 대한 최대한의 표현을 정지시킨 타이어 펑크는 그의 정신에 어떤 일격을 가한 것일까. 나는 막다른 골목에서 약초를 팔고 있는 노파 근처에 잠시 멈춰 서서 정말 달리고 있을 때 왜 펑크가 나지 않았을까, 하고 생각했다.

지붕에 풀이 난 집에서 소년이 법랑 그릇을 들고 시무룩한 얼굴로 나왔다. 나를 힐끗 보지도 않고 원통사 거리로 나가 문 앞쪽으로 걷기 시작했다. 나는 소년의 뒤를 따라갔다. 생선 장수는 장사를 마칠 준비를 하고 있다. 풍로는 대부분 가게 앞에서 사라졌고 바나나 장수도 물건을 내버려두고 골목 중간에서 담배를 피우고 있다. 골목을 누비며 아이들이 달려가고 있다. 수선화 구근은 두세 개 줄어 있었고 노점의 노인은 지참해온 도시락을 먹고 있다.

메추라기 장수가 떠난 뒤에 머리가 찌부러진 채 남은 메추라기는 마차나 리어카 바퀴에 치었다.

"친구가 죽었을지도 모르는데……."

나는 점점 그 말에 취하기 시작했다. 몇 번이고 그렇게 중얼거리며 막과자 가게 앞에서 머리가 찌부러진 메추라기 사체를 바라보았다. 쓰다 만 편지지를 꺼내 단단히 뭉쳐 메추라기 사체 옆에 버렸다. 원통사 거리를 자전거나 마차나 리어카를 교묘하게 피하며 오른쪽으로 붙었다가 왼쪽으로 움직였다가 하며 문 앞으로 서둘러 갔다. 남겨진 빨래가 하늘보다 더 짙은 파란색으로 물들었고 일을 마친 사람들이 앞으로 일을 시작할 식당 주인들과 말을 주고받고 있다.

미야모토 테루의 단편집 《오천 번의 생사》는 어린 시절부터 젊은 시절에 이르기까지 작자 주변에 있었던 사건을 제재로 한 것이라고 한다. 이 시기(1980년대) 그의 작품이 그렇듯 이 단편집에도 과거의 축축한 기억과 죽음의 냄새가 짙게 깔려 있다. 각 단편을 읽으면서 나는 이런 생각을 했다.

〈토마토 이야기〉

그 사내에게 토마토는 무슨 의미일까. 전해지지 못한 편지에는 뭐가 쓰여 있을까. 그 후로 토마토는 한 조각도 먹지 못했다는 그 마음이 훈훈해서 좋았다. 그런 마음으로, 우리도 이제 개부터라도 먹지 말았으면 좋겠다.

〈눈썹 그리는 먹〉

매일 밤 잠들기 전에 눈썹을 그리는 어머니보다 그 모습을 지켜보는 아들의 시선이 쓸쓸하고 허전하다. 불꽃놀이는 아름답지만 늘 슬프다. 슬퍼서 아름다울 것이다. 불꽃놀이를 보는, 암에 걸린 어머니 옆에서 남몰래 눈물을 흘리는 아들의 모습을 그린 장면은 대조적이어서 인상적인 게 아니다. 멀리서 보는 불꽃놀이는 늘 덧없어서 슬프다. 반짝이다 사라지는 모든 것들은 그냥 슬프다.

〈힘〉

아버지를 기억하는 방식이 안쓰럽다. 어떠어떠해야 하는 아버지, 이건 그냥 이데올로기 아닌가. 어머니 역시 마찬가지고. 그렇게 기억되지 않아도 될 아버지, 어머니, 세상에는 많다. 아버지, 어머니는 하나가 아니다.

〈오천 번의 생사〉

하루에도 오천 번 죽고 싶어지기도 하고 살고 싶어지기도 하는 남자, 그게 '나'라고 해도 상관없지 않을까. 꼭 그 남자를 만나지 않았다고 해도, 그때 '나'의 심정은 바로 그 남자가 아니었을까.

〈알코올 형제〉

그렇게라도 살아야 하는 게 삶이라면, 삶은 생지옥일 뿐이다.

〈복수〉

체육 교사에게 당한 치욕적인 일이 그의 현재를 망치지 않아서 좋았다. 복수는 늘 통쾌하다. 복수에 부정적인 의미를 씌운 자는 누구일까. 당한 사람은 아닐 것이다. 복수는 아름다운 것, 그 명예회복을 기원한다. 복수는 복수를 낳을 뿐이라는 말은 개소리다. 복수를 당했다고 보복하는 것은 복수가 아니다.

〈쿤밍·원통사 거리〉

죽어가는 친구를 차마 찾아가지 못하고 중국으로 떠나 원통사 거리에서 어린 시절의 오카메 거리를 더듬으며 편지나 끼적이는 그를 이해한다. 한약재를 사달라는 그 친구의 마음이 먹먹하게 다가온다. 차마 친구의 마지막 모습을 보고 싶지 않은, 보이고 싶지 않은 마음이 애잔하게 교차한다.

미야모토 테루가 기억과 죽음을 다루는 방식은 냉정하지만 따뜻하다. 감상적이지 않아서 좋다. 그는 역시 단편일 때 더욱 그답다.

2018년 10월

송태욱

오천 번의 생사

초판 1쇄 발행   2018년 10월 25일

지은이   미야모토 테루
옮긴이   송태욱
책임편집   서슬기
디자인   주수현 정진혁

펴낸곳   바다출판사
발행인   김인호
주소   서울시 마포구 어울마당로5길 17 5층(서교동)
전화   322-3675(편집), 322-3575(마케팅)
팩스   322-3858
E-mail   badabooks@daum.net
홈페이지   www.badabooks.co.kr
출판등록일   1996년 5월 8일
등록번호   제10-1288호

ISBN   978-89-5561-234-9 03830